先生
的
禮物

Gifts from
My Teacher

先生的禮物

Gifts from my Teacher

徐揚

道上望山

在美国读博士时有一年暑期，我独自去欧洲旅行，当然中间还有一次开会议，可以边开会边顺便做成度假。首站是意大利的罗马，这几乎……历史古迹中……光的城市。那是一个夏热的下午，我到了满头大汗……后的背着一个照机出门。人家说罗马是座城市，有时……钱，所以我把所有重要物件都带在身上。

到了……的写实……正……气候仿佛……哪……土黄色的……仿佛……史……今……历史长久。建筑也十分壮丽，我也无心……这里……人的……，每到一处都会拍几张照片，尤其是……喜爱的……李……拍摄……地方。我还想记得那影各种……种……历事……人……武……种样。

正当我…………这些的时候，我发现周围有几个人盯着我。那天……热……多，他们为什么……我呢？估计他们是把我当中国人了，因为那时……中人在线。日本人每人……胸前挂着一个照相机。我变我……不一样。正走到那里热的时候，我不由得摸了摸我的裤口袋，发现……了！我……袋里的所有东西不见了，有钱包、护照、机票、证件，……所有的都神秘失踪了，我大吃一惊之余……了，即看看盯着我……的那伴人，"肯定是这帮小兔崽人干的"，我就即冲上去找他们，他们……不……是他们干的。

那是四个……，大约在15～20岁之间，瘦瘦黑黑的……眼睛，……

序
Preface

出版這本散文集是我從未想過的事。一直以來，我從事機器人和自動化研究，每天的工作全部圍繞著研究與教學，近年來亦多了些行政工作。但文學始終是我心裡的一個夢，是我的熱愛。

我從中學時代開始喜歡文學，那時沒有書讀，到處找人借書，無論甚麼書，只要能找到的都要讀一讀，飢渴的靈魂就像一塊乾極了的海綿，一碰到水就往裡面汲。從古典文學、現代小說到翻譯作品、文學評論，我都有所涉獵且都愛不釋手。後來到了美國，又看了不少英美文學作品。

記得在美國讀博士期間，好像是在一堂"非線性理論"課上，講課的老師是位猶太裔教授，英文講得雲裡霧裡，聽起來很吃力，於是我索性把隨身帶的一本小說放在桌上讀起來。那位教授喜歡在課堂裡踱步，常常走到我們身邊來，雖說並不要緊，但每當他走到我身邊時，我便把小說收到抽屜裡，等他走後再拿出來讀，就這樣來來回回折騰了好幾次。我記得那本小說講得是一個被囚禁者的故事，他在陋室中觀察窗外一群在陽光下奔跑的老鼠。我當時心想，我就好像那位被囚禁的人，而文學對我而言，就像窗外那片自由的草地。

當然，這只能說明我對文學的喜愛與嚮往，我真正開始寫一些東西是在幾年前，幾位年輕朋友告訴我可以開一個微信公眾號將平時所寫的文章發表出來。我當時想，為甚麼要發表呢？但當我真的開始在公眾號上發佈文章的時候，我才體會到那種快樂，當自己的文章被大家閱讀、點讚、轉發的時候，我彷彿在與成千上萬的朋友們進行心靈的溝通，那種感覺讓我激動不已。

就這樣，我保持每兩週左右寫一篇散文，平時工作忙，所以常常在出差途中、在酒店裡、飛機上寫作。尤其是飛機延誤的時候，心想與其在機場裡焦急等候，不如寫點東西，還可以用負能量做點正功。因為我心中常想的是學生、家長和大學裡的年輕教師，所以我的文章也常與教育相關，通過講一些自己的或者他人的小故事來傳達一些思考與感

悟，希望對讀者也能有所幫助。文章簡短，不免粗陋，亦
無太多修飾，非刻求樸實，實乃一個理工男不知如何去修
飾它。就像一個素顏的村姑，並非不想化妝，只是買不起
化妝品罷了。

這本小書是為忙碌的都市人所寫的。繁忙的都市人，白天
忙著工作，就像為都市建造高樓，晚上閒暇時，翻翻這本
小書，就像在高樓中徜徉一池綠水。湖水對高樓可能沒有
甚麼實際作用，但如有一天，小湖消失了，你會驚覺生活
中缺失了甚麼。小湖能給群樓以靈氣。

我要感謝我的秘書張若含女士的幫助，是她幫我把手稿錄
入電腦，並幫我稍加修改，她幫我訂正的錯別字不下幾百，
我有些歪句也是她幫我扶正的。再後來，賴俊婕女士也幫
助我把文章發佈於微信公眾號，姜成子女士也參加了校對
工作。在此一併致以謝意。

我還要感謝香港中文大學（深圳）的學生家長群，尤其是
2014 級林圳同學的母親，她總是第一時間把我的文章推送
給所有家長，這些家長所給予的愛與支持一直是我寫作的
源動力。

最後，我想把這本小書獻給我的祖母。從前出版那些英文
學術專著的時候都會想到她，但我想在天堂的她肯定會更

喜歡這本書的。想到我那苦命的祖母，想到我在家讀書時，她總在我身旁打扇，想到每晚睡前她都會給我講那些古代讀書人的故事，想到我在樓上讀書，她總在樓下的樓梯口望著我，一遍遍地叫我早點休息⋯⋯想到這一切，我不禁潸然，兩顆大大的淚珠不由地落在紙上。

是為序。

徐揚生

二〇一八年三月九日

目錄

Contents

頭未梳成不許看

清代杭州有位詩人叫袁枚，曾經寫過一首詩，名為《遣興》：

愛好由來落筆難，
一詩千改始心安。
阿婆還是初笄女，
頭未梳成不許看。

袁枚這裡講到的老婆婆梳頭，我小時候是經常看到的，我祖母就是梳這種江南老太太慣有的圓形髮髻（不知其學名）。小朋友們家裡的老太太們都是這樣，頭髮光亮光亮的，一根頭髮都不亂。有時候早上去找小朋友玩，老太太總是在樓上，我們在樓下，我問："你奶奶怎麼不下樓來呢？"我朋友回答："她在樓上梳頭，頭沒有梳好是不會下樓的。"梳頭，對江南的老太太來說是一種莊重尊貴的象徵，來不得半點馬虎。

袁枚用梳頭比喻寫詩寫文章，十分貼切。無論中文，還是英文，無論科技論文，還是文藝作品，好的文章，一般是經過反覆修改後凝練出來的。所以，寫文章沒有甚麼學問，就是"改"，"再改"，"再改改"……一個好的寫作習慣就是，寫完文章後，把它放在抽屜裡，耐心地擱一陣，有時候，你晚上寫文章，感覺極好，心想不如明天一早就去發表，等到第二天早上一看，處處都是疑問和不足，心想，哎呀！幸虧昨天沒有拿出去給人看，否則多難為情。所以，我對學生講，儘量不要與別人分享未完成的作品，要像江南老太太梳頭一樣，一絲不苟，頭未梳成，絕不讓你看。

寫文章一定要有"頭未梳成不許看"的精神。古人講"善作不如善改"就是這個道理。正如袁枚詩中所寫，阿婆估計也已梳過幾千遍頭了吧，否則，怎麼做"阿婆"？但她每次梳頭都當做初次梳頭那樣認真，沒有梳成，沒有梳到自己滿意的狀態，她是輕易下不下樓，不許人看的。這是一種精神，認真嚴格的精神。也是一種尊嚴，既尊重別人，又莊嚴自己。

有一次，一位博士生寫了一篇論文，很長，我改了幾天，雖然還不錯，但總覺得不想馬上寄出去發表，於是就放在抽屜裡。這位學生心很急，老是來問："教授，能否寄出去發表？"我說等一等吧。再過了陣，這位學生拿了兩頁紙來，說這是新的研究結果。我一看，發現非常好，同樣的問題用非常簡單的方法解決了。於是就建議拿這兩頁紙的論文代替那篇長文發表，他也非常高興。此事說明，有時候，寫文章是需要等一等，擱一擱，讓時間過濾一下，檢驗一下，再拿出去發表的。

據說十九世紀法國作家莫泊桑在未成名前，帶著一篇文章去見當時已經成名的作家福樓拜，一進書房，看到福樓拜桌子上有厚厚的文稿，奇怪的是每頁紙只有一行，其餘九行是留著空白的。莫泊桑問："您這不是太浪費紙張了嗎？"福樓拜說，"親愛的，我一直這樣，其餘九行是留著修改用的，不會浪費。"莫泊桑聽了都不敢把文章拿出來，立即回家，趕緊修改起來。後來，莫泊桑成了法國的著名作家，我也看過不少他的短篇小說。

其實，修改自己文章的過程本身就是一種做學問的方式。對自己的作業、作品去"改錯"是一種重要的功夫。學會了這種功夫，就會養成嚴謹的作風，不僅對做學問，對其他工作也是終生有益的。

家鄉有一位先生，你給他看作業，他只告訴你有沒有錯，
但不會告訴你錯在哪裡。他會笑眯眯地對你說："今天作業
做得不錯，還有點小錯誤，自己去查查，看錯在哪裡？"這
對一位小學生來說其實很難，有時會把對的那題又改成錯
的，就這樣一遍一遍地修改，那時是多麼希望老師能告訴
你錯在哪裡！然而，他就是不告訴你。

"自我找錯"這個方法非常有意義。一方面，自己找到的錯
誤，印象深刻，使自己不會再犯，這與人家為你找到的錯
誤不一樣，得之易者，失之亦易。另一方面，讓你養成一
個習慣，時時處處查找自己的不足。在學校裡，有老師給
你的作業打叉打勾，你離開學校參加實際工作後，是沒有
人給你打對錯的，你需要自己有悟性，找出自己錯在哪裡，
從而糾正自己的錯誤。

"自我找錯"為甚麼會那麼難呢？一方面是由於錯誤往往與
真理差別不大。泰戈爾說過："錯誤是真理的鄰居，因此它
欺騙了我們。"文章中，有時候多寫或少寫了一句話，整篇
文章就會差之千里。正因為如此，"嚴謹"的習慣對於一個
人來說是何等重要。另一方面，人有一個奇妙的特性，喜
歡把自己的錯誤縮小看，而把別人的錯誤放大看。因此，
人們會把前面所述的本來已經很小的差別，自動縮小到根
本找不到的程度。也正因為如此，在這個世界上，隨處可

見許多愚鈍的人能夠敏銳地發現別人的過錯，而許多聰明的朋友卻永遠發現不了自己的哪怕多麼明顯的錯誤。

很多年以前，有一位香港朋友在閒聊中問我："修行是甚麼？"我覺得很難回答。大家都説"人生就是一次修行"，然而，修行究竟是甚麼？我現在粗粗地看，人的修行大概就是不斷地自我找錯，不斷糾正，不斷完善自己的功夫。這裡有兩重意思：第一，每個人都不是完美的，但我們可以努力糾正自己的不良習慣，不斷提升自己的內涵，使自己在離開這個世界的時候，比來到這個世界的那個自己更加完美一點；第二，這種完善的過程，只能靠自己，不能靠別人，要靠自己去悟，靠自己去學。這兩重意思與江南老太太那種不斷梳頭、不斷照鏡子，一遍遍地梳，頭未梳成不許人看的精神，是一致的。

修行究竟是甚麼？

我現在粗粗地看，人的修行大概就是不斷地自我找錯，

不斷糾正，不斷完善自己的功夫。

從容

小時候聽老人講過一個小故事。從前有個書生去趕考，帶著一個書童，書童挑著一擔捆好的書籍，兩人急急趕路，眼看已是黃昏時分，想到城門關門的時間可能快到了，心裡很急，恰遇一位老農，於是問他："城門不知何時關？今天還趕得到嗎？"老農看了看這兩人，說道："慢慢走，你們可能還趕得上。"書生不知所云，怎麼會慢慢走就能趕得上？想不明白，且不理他，逕自催著書童："咱們快快趕路，今天一定得趕上。"轉眼間，已能看到城門了，書生又催："快點走啊！"不料，書童一不留心，摔倒在地，擔上的書本散得滿地都是。書生大吃一驚，只好一起把書籍撿起來，重新捆好。當可以重新上路時，發現城門已經關了！

書生突然想起老農那句話："慢慢走，你們或許還趕得上。"

世上的事大凡都是如此，每天有很多急事，都想快快把它辦了，結果呢？忙中常常出錯，最後反而誤事，要用更多的時間把它糾正過來。所以，"急事要緩辦"，急事切忌急辦，所有的錯誤都是在急急匆匆，慌慌忙忙中造成的。而事實上，任何事情都是可以延緩的。我們只要有一種從容的態度，處理好心情，再去處理事情，事情才會有效而無誤地處理好。

"急事要緩辦"。然而，從另一面講，"緩事要急辦"。因為，任何"緩事"，如果我們不抓緊去完成，"緩事"一下子就變成了"急事"。每個人都是有惰性的！想想這份作業反正要幾天後再交，慢慢來，拖著不做。到了交作業的時間快到時，心裡著急了，急急忙忙趕著完成，品質效果通常不好。反之，如果你現在有時間，為甚麼不在當下把它做好呢？只有這樣，你才能心有餘閒，才能從從容容。

從容的人，能對付"急"，也能對付"忙"。

現代人都很忙，所以，從容地生活和工作就格外重要。我每天聽到身邊的人說："忙死了！"好像不說自己忙，就顯得不重要。其實我看"忙"的主要原因有兩條：一是事情太多，我們要處理的事情確實比以前要多得多。我看如果蔡元培、竺可楨來做今天的大學校長，可能也吃不消。一個大學校長，要處理的事情太多了，其他行業也是如此。二是誘惑太多。網上、手機上的資料信息原來是多少錢也買不到的，現在都是免費的。五花八門的誘惑，足可以把你的時間精力徹底耗掉。

治"忙"，一是要挑重要的做。人的一生很短，能做的事不多，做了這件事，可能就做不了另一件事。遇事要經常想，我能不能不做那件事！第二，對太多的誘惑，要有定力。心若已定，風又奈何。佛學所講的"戒"、"定"、"慧"，我以為"定"是最難的。

如果我們晚上先玩一會兒手機，上網聊會兒天，不知不覺到了九點多，忽然想起還有很多作業要完成，趕忙做作業，到半夜仍未完成，於是埋怨功課太緊，時間太少，其原因還是沒有挑重要的事先做。做事的順序不同，效果就不同。

使我們沒那麼從容的另一個原因是"怕"。我們每天有太多的擔心，使我們每時每刻都充滿了緊張、焦慮、不安和恐懼。學校裡學生怕，老師也怕。公司裡老闆怕，員工也怕。股市中，上去了要怕，下來了也要怕。有時候我想，人是否擔心害怕得太多了！你看，魚兒每天在池裡從容地游著，鳥兒每天在樹上從容地唱著，儘管他們吃了這頓，還不知下一頓在哪裡！

這個社會競爭太多，要不怕也難，但"怕"也沒用！還是把壞的結果都想想吧。"大不了這些壞結果都出現了，那又怎樣？"這樣，你就會坦然起來。另外，對某些事的不熟悉也會讓自己產生壓力。比如說，你怕老師提問，你就每天堅持坐在第一排，每當老師問問題，你就舉手搶先回答，幾次下來後，你會覺得沒那麼可怕了，老師也懶得再來問你了。

從容就要克服"怕"、"急"、"忙"這三條。其實，古人造字時，好像就想告訴我們，這三條對我們很不利。你看"怕"字，你的"心"都害怕得變"白"了！看"急"字，你的"心"皺褶破裂了！看"忙"字，你的"心"已經死"亡"了！多可怕！這從反面說明，養成從容這個習慣的重要性。

當然，人有生老病死，悲歡離合，做到完全的從容很難。但如果我們能努力讓從容成為我們的習慣，體現在我們處事、對人、談吐、舉止、衣著和生活上，那對我們一生都是受用的。

我的中學時代正處於文革後期。有一天，下午放學時分，在校園裡遇到一位教英文的老教師，雖不曾給我們上過課，但我認識他。他穿著一套乾淨的西裝，著皮鞋，頭髮梳得整整齊齊。我與他打招呼，"老師去哪裡？""今晚他們要批鬥我。"我吃了一驚，不禁問："那你怎麼要穿得這麼整齊呢？"

他慢吞吞地說了一句話："做人，要有人的樣子。乾乾淨淨，從從容容。"

他走過後，我回頭看了看這個在暮色裡消失的老先生的背影，忽然萌生一種敬意。"乾乾淨淨，從從容容"，說得真好！在內在外，都應如此！

對太多的誘惑，

要有定力。心若已定，風又奈何。

飛機上的蚊子

某次從香港飛往三藩市，那天的航班在傍晚，天氣極為悶熱。經過漫長的安全檢查之後，終於登機。涼風習習吹來，頓覺舒暢。當我拿過服務員送來的報紙開始閱讀時，突然發現身邊有一隻蚊子！哪來的蚊子？飛機上居然有蚊子！趕來趕去，這隻蚊子卻還精神抖擻，根本趕不走它。

飛機的窗是打不開的。我想這下可慘了！這隻蚊子大有可能要陪我們度過一個晚上，去美國了！不幸啊！不知是誰把它帶上來的，使它可能再也無法飛回自由的天空。它也是幸運的，不用買票就可去美國免費旅行一趟，更何況有那麼多來自世界各地乘客的"佳餚"供它享用。

然而，我進一步想，這隻蚊子到了美國之後怎麼辦？一般情況下，它還是找不到出口，極有可能它還得由原飛機返回。哎呀！好不容易出了一回國，也不到外面去看一下，就回來了！

正當我在想著這隻蚊子的時候，電話來了！我一看是一位久不通訊的老同學，立即接通。這位老兄，我上次見到他還是在二十年前，在美國東部的一座城市，平時也不常打電話。我匆匆回覆他，因為我知道飛機要起飛了，電話應該關了。

起飛很平穩，我的思路還在那位老兄身上。前次見他是他來美國做訪問學者期間，兩年期滿，即將回國。他說，在美國這兩年純屬浪費時間，每天在家看論文，編程式，做研究，導師一年中也見不了幾次。我說："你至少英語有點長進吧！"他說："哪裡有啊！我每天最多與送外賣的打電話，能講上一兩句英語，根本見不到人，我的英文還是原來在國內的大學裡學得多。"

"嗡……"那隻該死的蚊子又來了！我在不停地趕蚊子的時候，頓然悟到，我那位朋友在美國那兩年的訪問經歷，倒很像這隻蚊子，表面上是出國了，"物理意義"上也已經去了美國，但事實上，他哪兒也沒去，等於在原地。

仔細想來，其實我們大多數人在這個世界上也都有同樣的經歷，表面上去過很多地方，看過很多東西，也讀過很多書，但實際上根本沒有"體驗"真切的生活！就拿我自己來說，曾在杭州住過八年，到美國後，人家問我，杭州菜有哪些？我當時一句話也說不上來。因為我在杭州住了八年，吃了八年食堂，我所知道的也不過是大塊肉，炒青菜，最多還有紅燒獅子頭。況且，食堂做菜的可能也未必是杭州人，我根本沒有機會體驗真正的杭州菜。又比如，我去東京不下幾十次，但都是"三點往返"，從機場到開會的地方和附近的酒店，我甚至從不看東京的地圖，最多還會坐新幹線，根本不知道東京是啥模樣的！我這種狀態，實非個例，恐怕大多數人都有同樣的經歷。

朋友，請回想一下，到今天為止的人生裡，你體驗了多少真切的生活？

體驗真切的生活，在這個世界上是一種奢侈。上帝看我們這些人，可能跟我們看飛機上的這隻蚊子一樣，覺得怪可憐的。讓你們去了一趟地球，做了一回人，到最後甚麼都沒有體驗到！

其實也不是我們不想有真切的體驗，只是沒有機會。現代文明和社會的嚴格分工基本規定了每個人生下來後的生存空間，而人的一生又很短暫，衝破這種規定的空間又很難，這使得大多數人習慣了在規定的框框裡工作生活，不願意衝破這個框框，去體驗真實的生活。所以盧梭説："人，生而自由，卻都生活在枷鎖中。"

就像你去星巴克，服務生會告訴你有甚麼咖啡，有甚麼餅乾，你只能在他講的這些東西裡挑選。你如果想喝烏龍茶呢？如果想喝點小米粥呢？對不起，在這裡是不可能的。很少人會決定離開星巴克，去尋找烏龍茶和小米粥。因為人們習慣了在這些有限選擇所構成的空間裡生活。這些有限的選擇，構成了一種"邊界"，使我們只能在這個邊界裡面的封閉空間裡做一點少得可憐的選擇與體驗。人們變得越來越善於妥協，善於適應，安於現狀，圓滑世故。安逸地苦渡人生。生活上如此，思想上也是如此。

所以，人，在這個世界上匆匆度過一生，其實很可憐，其能選擇和體驗的，也無非像那隻飛機上的蚊子，是去咬經濟艙的乘客呢，還是去咬坐頭等艙的乘客？

當然，也有極少數的勇者，他們會無畏地去撞破這個框框，哪怕撞得頭破血流也要衝出這個局限的空間，去體驗生活，去追求自由。就像這隻飛機上的蚊子，如果它真能鼓起足夠的勇氣，堅持尋找出路，毋寧衝出去而死，不願留在機上而生，也説不定能在飛機停留的時候，衝出機艙，呼吸到自由的空氣。

蚊子那種勇於衝出機艙去體驗生活的追求，在我看來，就是真正意義上的"創新"。創新是甚麼？創新就是那種勇敢地摒棄平庸，打破習俗，奮力衝破思想的枷鎖，追求自由和創意的精神。

創新是一朵長在懸崖上的海棠，是為有勇氣的人開放的。為甚麼勇氣對現今的世界格外重要？因為我們這個社會一直在過度獎勵那些小心翼翼的價值觀，對於任何事情都患得患失。我們不是在追求成功，而是因為我們害怕失敗。我們怕犯錯，怕失去社會的尊重，因而迴避挑戰，選擇舒適與安逸，失去了在犯錯後更好地認識自己，使自己更加完整，更加強大的機會。如果這樣，我們就會失去創新的機會，對新技術的產生是如此，對新思想的發源也是如此。

人生就像一條階梯，一步步地走在人家已經設計好的台階上。從小學開始，學習，考試；考呀考，考到初中；考呀考，考到高中；然後，就是萬人必過的獨木橋 —— 高考。再按自己的高考成績，在很窄的範圍內選擇一所大學。再讀四年書，畢業後可以繼續深造，或者就走上社會，開始煩惱工作問題、房子問題、家庭問題、子女問題和名利問題。

一晃突然發覺自己已經老了，發覺自己一直走著人家的路，看著人家的眼色，做著人家的事，沒有自己真正的生活。我母親退休前曾給我打了一個電話，那時我在美國，她說："我覺得做人才剛剛開始，怎麼都快結束了。"

人的一生很短，蚊子的一生更短，與地球的壽命相比，都是可以忽略不計的。珍惜生命吧！把自己的生命淋漓盡致地燃燒起來，趁年輕，無所懼，去體驗，去創造，去追逐自己的夢想！

把自己的生命淋漓盡致地燃燒起來，

趁年輕，無所懼，去體驗，去創造，

去追逐自己的夢想！

.

先生的禮物

周先生是我家的世交遠親，兩家的交情自祖輩那裡一直延續下來。他是我父親的啟蒙老師，我們家鄉管這叫做"開筆先生"。周先生學貫中西，談吐儒雅，是我們都很敬重的長者。在我小的時候，周先生已是七十來歲的老人了，那時正值文革後期，抄家動亂之後，他倒還平安清靜，仍舊讀書種花，我那時因為學校時常停課，就常去周先生家裡閒坐，受了他不少教誨，從某種意義上來說，他也是我的"開筆先生"。

周先生高高的個子，穿深灰色的長衫，戴黑色的圓帽，總是坐在客廳八仙桌左邊的椅子上，細眉慈目，和藹可親。周家有很多古書，都放在裡屋的房間，黑乎乎的屋子裡，地上堆疊著比人還高的書，明顯是從哪裡搬過來堆在這裡的，可能大部分已經被燒掉了，而這些有幸被保存下來，裡面有線裝書、碑帖和手寫書，我曾在那裡看到許多像鄧石如、董其昌、趙之謙等書畫家的墨跡，這在很大程度上影響了我日後在書法方面的興趣愛好。我在那裡也看到了王陽明、顧亭林等人的著作，亦對我影響很深。

周先生知識淵博，又風趣幽默，所以我特別喜歡與他交談。他講話常常旁徵博引，妙語連珠，總能使聽的人心悅誠服，即便是一個枯燥的題目，他也能講出一個極為風趣的小故事，讓人在開懷大笑之餘有所領悟，既生動有趣又容易理解。聽他講話，你會頓時海闊天空、心平氣和，簡直是一種享受。那個年代，世道動亂，周先生的處境也很艱難，但他依然是那麼樂觀風趣，總是鼓勵我從遠看，從長計，要有耐心。這種奮發向上的積極的人生態度，現在想來，愈發覺得彌足珍貴。

從周先生那裡我還學到一些育人的基本道理。比如，我當時可能還不到十歲，但他對我講話就像面對一位成年人一樣，從來不把我當小孩子看，講的內容也多數是大人的書，很多聽不懂，但他總耐心地講，好像也明白我不會馬上理解，但往後慢慢會明白。這使我從小就有一種"少年老成"的感覺。記得有一次在小學，全校聚會，校長在台上唸了一篇文章，並誇讚這文章寫得如何如何之好。講到最後，校長問道你們知道這篇文章的作者是誰嗎，他就在我們中間，然後他指了指我。散會後，一位老師拉住我問，"這篇文章是你寫的嗎？你爸爸沒有幫你嗎？怎麼好像是一個大人寫的呢？"我說，"真的是我自己寫的。"可見我小時候就有點"老氣橫秋"的樣子。

那年我十六歲，正處文革後期，高中剛畢業，馬上要去鄉村支農。第一次離開家，離開城市，去一個從未了解的鄉村獨立生活，與一群素不相識的農民放牛種田。看著那些在火車站月台上揮淚送別的人群，心裡不免有點惆悵悲涼。離開城裡的前一天，我去向周先生告別。顯然，他早已知道我要離開。他拿出一雙嶄新的草綠色軍球鞋作為臨別禮物送給我，他知道球鞋會很有用，而這在當時是很貴重的禮物，大概要三元一雙，要知道那時十元錢可以很好地過一個月生活。在這之後的三年裡，人們常常看到我肩上掛著一雙軍球鞋，很多人問："怎麼有鞋不穿而掛在肩上呢？"我總是笑而不答。其實，我是捨不得穿，那時候我們每天要走五、六個小時的路，多的時候有十幾個小時，幾次下來，鞋底就會磨破，所以要非常節約，必要時才穿那雙鞋。

周先生似乎看出我對未來的悵然之感，他讓我坐在他身邊，慢慢對我說："人生很多事，其實不用多想。你進入人生就像進入一間黑的屋子，你第一個動作是去拉門旁邊的電燈開關。一拉，電燈就亮了，人生也就光明了。你不用去想電線是怎麼裝的，有人已經把電線裝好了，無非你看不見罷了。"然後，他讓我抬頭看看屋頂兩旁，"你能看到電線是怎麼裝的嗎？你看不到，也無須看。你自己需要做的事就是親手把開關拉開（那時候的電燈開關是拉的）。"接著他又說，"但這恰恰是最重要的，這開關是一定要你自己去拉的，沒有任何人會來幫你拉這個開關。所以，要勇敢地邁出去，去拉開關，不用去管電線，電線你看不到，也不用去管。"

我那時似懂非懂，只覺得聽了他的話，少了一些彷徨和惆悵，多了幾分樂觀和勇氣。在往後的歲月裡，我愈發感到這句話的分量。每當面對事情，我都會想到周先生這句話，它能讓我頓時安靜下來，大膽起來，不顧得失，不顧困難，但事耕耘，不問收穫。

這句話真是十分神奇，當你面對困難，面對挑戰，舉棋不定，信心不足時，這句話使你勇敢起來，聽從內心的呼喚，放膽直面挑戰，不怯不懼；而當你過於自信，感覺自己勝券在握時，這句話又讓你冷靜下來，想到凡事自有定數，不必過於在乎結果；當你面臨一場考試，一次晉級，一次重大事件而過於緊張時，這句話讓你放鬆下來，你只要做好自己的那份工作就行了，其他你不用管，也管不了；而當你過於放鬆，甚至懶惰而不思進取時，這句話又來提醒你，要記得去拉你的那盞"電燈"，因為你不拉，沒有人可以幫你；當你成功而受到人們嘉許時，這句話讓你想到你的成功有賴於人們一直在幕後的支持與幫助，你應該感激那些"裝電線"的人；而當你失敗時，這句話卻又讓你感到心中無愧，你已經盡了自己的努力，不必過於執著一時之勝負。

世界就像一棵縱橫交錯的參天大樹，我們的一生，不過是一隻飛進大樹裡來的小鳥。我們來前，大樹已經在了，我們走後，大樹依然在那裡。我們一生中的很多事情是無法預見的，就像小鳥不會知道大樹為甚麼會在春天綠葉成蔭，而在秋天枯葉滿地。但是我們還是要努力好好做人，我們努力的目的，就像小鳥對大樹一樣，不在於改造大樹，而在於為大樹帶來生機，帶來活力，這種生機和活力使我們有耐心在寒冬裡等待著春天的到來。

這就是周先生在我下鄉前送給我的兩件禮物，一雙軍球鞋和一番拉電燈開關的理論。一件是物質的，一件是精神的，這是我一輩子收到的最好的禮物。

遺憾的是我竟然沒有說過一句"謝謝"。

世上有兩種人很難得。一種是"聰明而厚道"的人，聰明的
人不少，但有的刻薄，有的自私，聰明而厚道的人不多。
第二種是"高貴而平和"的人，高貴者本就少有，即便有，
也易於孤僻，或者傲慢，平和的人居少。周先生集上述兩
種人於一身，是極為難得的。遇見他，是我今生的幸運。

就是這樣一個初夏的雨天，周先生家裡那方古樸的天井裡
的花正開得鮮豔，先生就站在那些花旁向我微笑，揮手作
別。如今，我只能盼望在夢中見到久違的周先生了。

世界就像一棵縱橫交錯的參天大樹，我們的一生，不過是一隻飛進大樹裡來的小鳥。我們來前，大樹已經在了，我們走後，大樹依然在那裡。

心靈的撼動

有一次，一位記者問我："你一生中最好的老師是誰？"我想了想，就立即告訴了她。回家後，我再想一想這個問題，那位我認為最好的老師，到底教了我甚麼呢？好像很難説清楚。再想想，其實，每個人的心裡可能都會有一個最好的老師，雖然説不太清楚這位老師到底教了我們甚麼。我們是那麼堅信他（她）是我們一生中最好的老師，那一定是有原因的。

是甚麼原因呢？或許是這位老師在某個特定的時間空間裡，撼動了我們的"心靈"，就像風吹到一簇樹葉一樣。

我的一位中學老師給我講過一位他的老師的故事。他老師姓夏，是浙師的國文老師，與他們住宿在一起，兼任宿監。

有一天，同室的同學發現自己的錢包丟了，繼而發現是室友偷的。於是，他就跑到夏老師那裡，請求他去宿舍，把錢包拿回來。夏老師心想，制止這種偷竊行為是他的責任，但同時要尊重每一位學生，在教育他們具有誠實品性的同時，也要教育他們尊重他人的原則。

幾番思考之後，夏老師貼了一張告示在校門口，告訴全校的學生："學校今天發生了這麼一件不幸的事。我，作為宿監，是有責任的，所以我決定，從現在開始不進食，直到這位同學親自到我辦公室來認錯。"中午過去了，沒人過來自認，夏老師就不吃午飯。晚飯時分，這位同學來到夏老師辦公室，含淚告訴夏老師，他做錯了。夏老師就這樣安安靜靜地挽救了一位學生的心靈，也教育了其他同學對人對事誠實負責的態度。

所以，你一輩子最好的老師，不一定是教你多少數學物理知識，上課有多麼好的老師，而是那位撼動你心靈的人。

古人講"指引者，師之功也"。學校就應該是教學生如何做人的地方。但不幸的是，現在的學校，主要是灌輸專業知識，很少去教學生如何做人。這是因為當下的社會是用非常狹隘的功利標準來衡量學校的教育。我們只是關注學校的排名、招生分數的高低、畢業生的工資以及學校有多少位院士教授，哪有時間去讓學生有充分的時間和體驗去思考，去點燃心靈的火種，去開發自己的心智。

愛因斯坦說過："我反對把學校看作直接傳授專門知識以及在以後生活中直接有用的技能的那種觀點⋯⋯學校始終應當把發展獨立思考和獨立判斷的一般能力放在首位，而不應當把取得專門知識放在首位。"學校應該教授專業知識，但我認為除了專業知識以外，應該教育學生如何做人，包括下面幾個方面：

(1) 學校應該培養人的獨立思辨的精神。沒有獨立思辨的精神，何來創新科技？到最後我們培養的學生最多只能作為一個好的追隨者（Good Follower），而不是一名站在前沿的領導者（Leader）。

(2) 學校應該培養人與人相處的能力。因為現在的教育缺乏這種培養環節，使許多畢業生走向社會，無所適從，不能合群，不能溝通，不能協調，更不能寬宏對待他人。

(3) 學校應該培養人追求真理與正義的精神。學校所培養的不僅是一個"專家"，而是一名對社會有擔當的"知識分子"。應該是有理想而肩負天下道義之人。古人講"士志於道，而恥惡衣惡食者，未足與議也"。

(4) 學校應該培養豐實的情操和對美的欣賞。現在的中學，都偏重於數學、語文和外語，因為那是高考所需的。哪個學校或家長敢跳出這個緊箍咒？但從前的中小學中，有時把音樂、美術課看得比國語算術還重要。缺乏對美的欣賞，會導致情志身心上的問題，對學生的成長和社會的發展都是不利的。

我深深地期望我們的學校能夠教學生如何做人，深深地期望我們的學校多點像夏老師這樣的老師，只有這樣，孩子們的心靈才能被撼動，就像輕風吹動著一棵棵大樹，像陽光照在冬天的冰湖上，閃閃發光。

你一輩子最好的老師，

不一定是教你多少數學物理知識，

上課有多麼好的老師，而是那位撼

動你心靈的人。

神奇的餃子

有位內地朋友，年紀長我十幾歲，但其精力遠遠超過我，從前做科研工作，做得有聲有色，後來從政，也是風風火火。講話時一連幾十個資料，精確到小數點後二位數，打網球可以打兩個小時，中午請人吃飯可以同時招待幾個房間的客人，同時與幾十人喝酒，午餐後他照樣可以作一兩個小時的主題報告，沒有一點倦意。

我總是納悶，他哪來這麼好的精力？有一次，機會終於來了，他與夫人一起參加一場宴會，我坐在他夫人旁邊，待他走開時，我悄悄問他夫人：「這位老兄精力怎麼會這麼好呢？他平時有甚麼保養的秘訣嗎？」他夫人回答道：「秘訣倒是沒有。不過，他愛吃餃子。」原來，他是北方人，一輩子只吃餃子，家裡、食堂裡吃的都是餃子。

餃子有這麼神奇，為甚麼呢？很簡單，它把甚麼肉、菜用麵皮子都包在一起混著吃。因為"混"（mixed），所以營養好，同時，也是因為"混"，所以易消化。我兒子小時候剛從美國回來，問過我一個問題："中國人吃飯為甚麼要吃一口菜，再吃一口飯？為甚麼不能把菜都吃完，再吃飯，一口氣把飯都吃完？"我聽後也不知道該怎麼回答，可能他是在與美國人吃飯的順序做比較。美國人吃飯是先麵包，再喝湯，沙拉，再上主菜，最後甜品，他們是"串聯的"，我們吃飯是"並聯"的，吃一口菜，吃一口飯，夾一塊肉，是並行的吃飯順序。餃子是徹徹底底的"並聯"吃法，從膳食結構看，餃子的餡料都包在麵皮中，做到肉類、菜類和穀類的適當組合，主副食品搭配合理，營養豐富並且酸鹹平衡，同時有利於人體吸收。

這讓我想起了"教育"。教育是需要環境的，這種環境不僅是大樓、空調、機房等，最重要的環境是"人"。理想的教育環境應該是"混"（mixed）的，否則，學生為甚麼要到學校裡來求學，為甚麼不在家裡單獨學習。不同文化背景、不同民族、不同智能程度、不同興趣的學生混在一起，人們把這種教育環境稱之為"diversification"（多元），國外一些一流大學都非常注重創造這種優越的教育環境。所以可以說，許多一流大學的優秀學生不是"教"出來的，是"混"出來的。

一百年前的中國大地到處是戰亂、貧窮和飢餓，但奇跡般地誕生了一批世界級的大學，培養了一大批世界級的學者領袖。我閱讀了若干大學的校史後發現了一個秘密，無論是當時的國立大學，還是私立或教會大學，優秀大學都有一個共同點，就是按照蔡元培先生所講的"兼容並蓄"辦學。兼容並蓄就是在學術上包容各種流派，使各種文化同時存在。實際上就是一個字——"混"（mixed），那時的學生是"混"的，教師是"混"的，連管理體制也是"混"的，這種"混"的環境，潛移默化，融會了思想，產生了文化，提高了學術，造就了大學，培養了一代精英。

教育為甚麼應該像餃子一樣是"混"（mixed）的呢？因為"混"是催生新思想的源泉，而教育的目的，主要是讓學生能夠學會思考，養成思考的習慣。有人說，你有一個蘋果，我有一個蘋果，互相交換，各自還是得到一個蘋果。你有一種思想，我有一種思想，互相交換，各自得到兩種思想。"混"式教育的奇妙就在這裡。"水嘗無華，相蕩乃成漣漪，石本無火，相擊而生靈光"，只有通過"混"的教育環境，思想才能交融，從而孕育新的思想。如果說，你人生的長度是由上蒼決定的話，那麼你人生的寬度是由你的思想所決定的，而"混"式教育是你產生新思想的源源不斷的源泉。

提到"混式教育"，我以為最成功的實踐當屬書院制度。師生在書院中共同生活，學生的專業教學由學院負責，書院則為學生在食宿之外提供更為豐富全面的教育機會，包括各種各樣的活動、海外交流等等，既增進文化藝術修養，又培養學生的人際交往能力。一個寢室裡可能有文學院、工學院、醫學院的學生。安排不同專業、不同層次、不同年齡、不同背景的學生"混"在一起，一方面互學互補；另一方面，學會了融合和包容，在身心情志上日趨成熟。

書院制的一個明顯的優勢是能使每一位學生有機會接觸到他們熟悉領域以外的東西，這對學生的未來發展極為重要。大凡有成就的人，你去深究他成就的來源，很多是把從其他學科中學到的知識，移植應用到本學科而成功的。如果大學四年光是學習本專業的知識技能，我覺得不僅極為可惜，浪費了一個年輕人最好的時光，而且這樣的畢業生在社會上也走不了太遠。

我下鄉時曾在一所鄉村小學裡代課任教。當時教學條件非常艱苦，有的班級是幾個年級拼在一起的，稱為"複式班"，三面是三個不同年級的學生，老師的講台在前面中間，老師先給三年級同學講十五分鐘，然後轉身九十度，給四年級的同學講十五分鐘，再轉九十度，給五年級的學生講十五分鐘。奇怪的是，有時候給五年級同學講的內容，有的五年級同學還不明白，但同教室裡的三、四年級的同學已在那裡舉手,表示已經明白了。

我還一直記得那群穿著滿身補丁的衣服,灰頭土臉的孩子們那一雙雙睜得大大的渴望的眼睛,以及當他們領悟到你教的內容時那突然發光的眼神。

教育,就像領著一群孩子在走山路,無須一定要限制在平坦的路徑上,有時高高低低,有時坑坑窪窪,會帶來挑戰,但會有更多的驚喜和收穫!

如果説，

你人生的長度是由上蒼決定的話，那麼你人生的寬度是由

你的思想所決定的，而"混"式教育是你產生新思想的源源

不斷的源泉。

從火藥到光纖

我國很早就發明了火藥,是我們引以為傲的四大發明之一。發明一件東西很不容易,尤其是自己幾十年來也一直和學生們一起搞些小發明,更深感發明創造的不易。對火藥這樣的重要發明,我一直懷著一種神聖的自豪感,直到有一天我讀到下面這篇文章。

這是一篇在 1883 年出版的 *Science* 雜誌上發表的文章,作者是美國第一任物理學會會長及美國國家科學院院士羅蘭(Henry Rowland)教授,他是一位十分著名的物理學家,尤其在實驗物理方面,他用實驗證明了運動電荷產生磁場,並研製了衍射光柵,他有個學生叫霍爾,就是著名的霍爾效應的發現者。羅蘭教授雖是位實驗物理學家,卻十分重視基礎理論的作用,他的這篇題為《為純科學呼籲》

（*A Plea for Pure Science*）的文章，有以下這段話：

假如我們停止了科學的進步，而只留意科學的應用，我們
很快就會退化成中國人那樣，多少代人過去了，中國人還
是沒有甚麼進步，那是因為他們只滿足於應用，從來不去
追問背後的原理，而這些原理卻構成了純科學。中國人發
明了火藥並已使用火藥達幾百年之久，如果他們用正確的
方法探索其中的原理，就有可能在獲得應用的同時，產生
化學科學甚至物理科學。因為只滿足火藥，以及火藥可以
爆炸這樣一個事實，而沒有尋根問底，使得中國人已經遠
遠落後於世界的進步，以至於我們現在只好將這個所有民
族中最古老、人口最眾多的民族視作野蠻人。

當我看到這段話時，心裡不禁沉重下來。當然，這是羅蘭教
授在一百多年前所說的話，如果放到今天，他可能不會這
麼說。一百年來中國人在科學上有了長足的進步，對人類
的科學發展是有貢獻的。然而，心靜下來，仔細看看這段
話，看看我們的民族為甚麼只重視火藥，而不深究其科學
原理和本質，為甚麼我們對發明火藥有興趣、有動力，卻
沒有同樣的興趣與動力去深究其化學原理呢？這也許與我
們凡事只求實用、功利的態度是有關的，很值得我們反省。

無疑，我們的民族在考慮問題時傾向於事物的實用功能，

對純理論以及缺乏實用價值的形而上的思考缺乏興趣。這或許就是為甚麼在我們如此漫長的歷史中，在如此遼闊的國土上，那些堪稱偉大的哲學家、音樂家、數學家等富有創造精神的人物卻是鳳毛麟角的原因。我們的四大發明都是以實用為前提的。即使在今天，科學研究中大多數研究課題也是圍繞著直接應用而展開的。

凡事先考慮實用功利是我們的一種思維習慣。養兒是為了防老，娶妻是為了生子，讀書是為了找個好工作，學英語是為了出國，彈鋼琴是為了升學有附加分。這種話聽上去好像不很順耳，但卻在我們每一個人身上都有體現，有時甚至相當嚴重。

考慮事物的實用功利並沒有錯。人，必須生存。公司，必須賺錢。但如果我們僅僅考慮事物的實用性，一切活動以功利為目的，那就會失卻對事物本來面目的認識，就會追求短期功利。而由於缺乏對事物的深刻認識，缺乏持久的熱情，最終會損失長期的利益。

比如，醫院作為一個經濟實體是需要有一個健康的財務資源，好的經濟效益對醫院是重要的。但如果我們的醫院、醫生一味追求經濟效益，就會出現醫德、醫術等等諸多問題。任何一家公司，都要考慮利益最大化，但如果一味追求利潤，公司就不會有精力及資源去做研究開發，公司的新技術、新產品就會面臨問題，到最後公司的長期利益會受到影響。教育也同樣，如果我們的學校一味追求排名、升學率、論文數等指標，而不去關心學生的身心健康，我們的學生就會漸漸地成為一台機器上的零件，沒有創造、想像的能力，沒有獨立思辨的能力，沒有能力對社會以及對世界有所擔當。

因此，考慮事物的實用性要有指標，但不能唯指標。這讓我想起了另一個重要發明：光纖。前幾年獲得諾貝爾物理學獎的香港中文大學教授（原校長）高錕先生是世界公認的光纖之父。光纖對於現代通訊貢獻巨大，是近百年來最為重要的發明之一。沒有光纖，哪有今天的網絡、手機和通訊？記得讀過高先生在六十年代中期發表的第一篇有關光纖的論文，印象極深，文中有實驗，更有理論，對光纖的物理原理講得清清楚楚。如果高先生僅僅是追求光纖的應用，也許無需把這些原理鑽研得如此之深。但正因為高先生不僅發明了光纖，而且把光纖的物理原理研究得如此透徹並創立了這一學科，高先生才有資格獲得諾貝爾物理學獎。

當我們去參加一場籃球比賽時，我們的眼睛不能只盯著記分牌，否則是打不好這場球的。當我們在大學學習時，我們的眼睛不能只盯著GPA，否則我們讀書會受影響，會焦慮，會短視，會失卻寧靜、開心和夢想，從而無法領悟這個世界中最本質的東西。我們要追求骨子裡的優秀，而不要滿足表面上的浮華。

我們今天的世界基本上是一個物質世界，精神層面的東西越來越少，功利主義的誘惑無時不在向我們每個人招手。完全不理它，不一定做得到。但我們可以時時提醒自己，凡事不要過於功利，不要短視，把事物看遠一點，要注重培養自己的精神氣質，生命裡有更重要的東西。只有這樣，我們才能不忘初心，才能真誠地面對生活，才能堅守我們生命的價值，才能收穫豐饒的人生，並體驗精神創造的快樂！

我們可以時時提醒自己，

凡事不要過於功利，不要短視，把事物看遠一點，

要注重培養自己的精神氣質，生命裡有更重要的東西。

兔貓世界

我三姨母是位很有才情的知識分子，上世紀六十年代，由
於家庭原因，再加上常常願意發表言論，運動剛開始不久，
就被叫去隔離審查。因為她是一個人住，當她被隔離審查
的時候，我就得去她家裡幫忙照看她的兩隻小動物：一隻
小兔，一隻小貓。小兔是鄰居家送的，長著淡灰色的絨毛。
小貓則是黑白兩色，是在路上人家要扔掉時給撿回來的。
兩隻小傢伙都剛出生不久，非常可愛。

我那時的任務就是給他們餵點東西吃，並沒有甚麼其他的
事。我不知道該給它們餵些甚麼，即使知道也拿不出來，
所以我常常餵它們吃些我自己吃剩的食物。小兔和小貓也
很聽話，並不"挑食"，記得我常常餵它們吃我剩下的早點
"方糕"，米粉做的，有點糖味，有時也給它們喝點茶。

給它們餵食時，我把它們抱到天井裡，在暖洋洋的太陽底下，我就坐在旁邊的小凳子上觀察它們。剛開始，兩個小傢伙都走得很慢，後來一點點快起來了，再後來還會互相玩耍了。有時候，小兔跳一跳，小貓也會跟著跳一跳。有時候，小貓走得快一些，小兔落在後面的時候，小貓還會回頭看一看，等一等它。

有一天，當我坐著看它們玩耍的時候，我突然發現一件大事。我想這隻小兔大概不知道自己是兔子，因為它自出生就只看到這隻小貓，從未見過其他的兔子。而小貓也不知道自己是貓，因為它也只見過這隻小兔。雖然這好像對它們來說並不很重要，它們似乎相處得非常和睦，而且彷彿在跟對方學著爬和跳的動作。

只有我知道它們誰是誰，它們是不同的動物，有不同的顏色和糞便。久久地看著它們，我覺得它們怪可憐的，而我覺得自己彷彿是上帝，真想大聲告訴它們："你是兔，你不是貓，你不應該爬！""你是貓，你不是兔，你不應該跳！"

後來，等它們漸漸大起來的時候，姨母回來了，隔離條件有所改善，我也就不用去她家幫忙照看了，因而也無從得知這對動亂中的小兔和小貓後來的命運。很久以後，當我想起這件事時，我常常會想，假如有人從小混跡於野獸群中長大，從未見過人群，人與野獸誰也不能分辨自己是誰，那會怎麼樣呢？

其實，"認識你自己"是件很難的事，兔貓世界如此，人的世界也是一樣，你知道自己是誰嗎？

大凡對自己的了解是從與旁人的比較中獲得的，就像那隻小兔和小貓一樣。你看到人家去做甚麼，你便想著我大概也應該做甚麼。人家有甚麼，你就會想著我大概也應該有甚麼。於是就有了攀比，就會在乎人家的看法，不知不覺地，就把自己的人生過成了別人的人生。於是，有人會從別人的幸福中找到自己的不幸，也有人會從別人的不幸中找到自己的幸福。

人，每天忙著用別人的腦袋看自己，或者用自己的腦袋看別人，唯獨不做的是用自己的腦袋看自己。為甚麼認識自己那麼重要呢？因為只有你認識自己是誰，才有可能真正做自己人生的主人，才能選擇自己真正喜歡的事來做，才能投入全身心，你的人生才會快樂。因為認識了自己，你就找到了快樂的源泉，你的生命狀態是快樂的，因而你的人生將是快樂的，這與你的金錢地位沒有多大關係。

前一陣，我在街上遇到一位以前的學生，他當年因為家境比較貧寒，有時會到我的辦公室裡聊些家常。他父親早亡，我問他母親現在怎麼樣。他說她早已退休，因為子女都大了，只她自己在家，於是她開始在街道圖書館裡借書閱讀，過了一兩年，她居然開始寫詩了。到現在，可不得了，發表了 400 多首詩，居然是個詩人了！他說，他這位普通女工出身的母親的身上好像"藏"著一個詩人，這個詩人以往一直未現身，現在卻突然出現了。

是的，我們每個人身上都藏著另外一個人，這個人恰恰是真實的自己，但可惜的是我們大多數人都不知道這個人是誰。

讓我們來做個實驗吧！假如今天晚上這世界上的所有人都"集體失憶"了。從明天早上開始，沒有一個人記得從前的事，雖然世界還是這個世界，但你不知道你姓甚名誰，父母兄弟姐妹也統統不記得，你的年齡，你的銀行存款，你家鄉在何處，你也完全不知道，你忘記了你的先生或太太，更不要說你的公司、學校和家裡的一切……這聽上去好像很可怕，其實也不然，世界還是那個世界，仍有可以為生的財富和資源。從好的方面來講，因為失憶，你會對你周遭的一切充滿新鮮感，你去任何一個街區都像旅遊一般，因為你從未來過……

現在，請你想像一下，如果你是"集體失憶者"中的一員，

第八篇

兔貓世界

你忘記了你的職業和單位,馬路上到處貼著招聘公交車司機、飯店廚師、醫生等等的廣告。你最有可能去應聘哪種工作呢?你最想吃甚麼東西?你最想去世界上哪個地方居住呢?鄉村還是城鎮?你覺得你自己現在的年齡會有多大?你想聽甚麼音樂?你喜歡搖滾嗎?⋯⋯

你可以一直這樣想像下去,你會突然發現那個藏在你身上的人,那個真實的你自己。就像那隻小兔,它一直以為自己是貓,羨慕貓的靈活,努力與貓比爬樹的本領,放著自己前面的一大塊青草地不管,拚命地與貓去爭小魚小蝦,那實在是大可不必的。與其把短短的一生迷失在別人的森林裡,不如聽從自己內心的呼喚,找到那個藏在身上的自己吧。

你的高考成績,你的聰明才華,你的金錢地位,都不足以決定你的人生品質,因為人生品質最重要的決定因素是你的生命狀態。快樂的生命狀態的最基本的條件是對自己生命的覺醒。領悟自己的熱愛,堅守自己的生命價值,昂首挺胸地去追逐自己的夢想,你的人生才會像春雨洗過的太陽,繽紛燦爛!

領悟自己的熱愛，堅守自己的生命價值，昂首挺胸地去追逐自己的夢想，你的人生才會像春雨洗過的太陽，繽紛燦爛！

老人與牛

那是一個初夏的早晨,天地都醒了,油菜花和各種野花遍地都是,風吹過來,暖洋洋的。我照例去橋頭集合,等待生產隊長安排一天的農活。也不知是甚麼原因,那天,他安排我去放牛。

第一次去放牛,感覺挺新鮮的。管牛的是一位老人,大家都叫他S叔。S叔慈眉善目,腰彎得接近九十度,他駝背的身影很像那頭牛。他不善言語,但待我不錯。S叔給人印象最深的就是為人謙和,每次生產隊裡開會,他總是讓我坐在他前面,我那時在隊裡可以說是地位最低的,外地來的一個毛頭小子,但他堅持每次都對我謙讓,總是說"你是知識青年,有知識的,我們沒有知識,是沒有前途的,村裡要靠你們,國家要靠你們,你們要往前坐。"說得大家都很開心。

放牛遠遠沒有我以前想像得那麼容易。第一天下來，疲憊不堪，那頭牛彷彿只聽 S 叔的，對我甚是欺生。

第九篇

那天中午時分，很悶熱，老人說，把牛帶去河裡洗個澡。我去牽牛，但牽到河邊，牛就停住腳步了。我拚命把它往河裡趕，它就是不去。我只好上岸找到老人，"這牛怎麼趕不動啊！"老人過來一看，對我細聲說，"你是把它往河邊那個淤泥潭裡趕，那個潭雖然看不見，但很深，牛如果進去了，怕就上不來了……"老人把繩子往旁邊一拉，順勢把牛趕往河的另一旁，這牛也很聽話，一步一步走向河裡，直到牛背都沒進河水裡去了。

我在旁邊看了大概十幾分鐘，覺得很神奇，這牛還挺聰明的啊？以前，總覺得牛很笨，俗話說"笨得像頭牛"。其實，牛一點都不笨。老人對我說："牛只是不會說話，心裡一點都不糊塗。"老人管牛管了一輩子，牛對他來說就像自己的孩子，他知道牛，牛也知道他。

吃過晚飯，我去牛屋放牛草，老人已在那裡。牛屋在小橋的旁邊，村民們都在小橋下邊的小河裡洗東西，小河兩岸便是屋舍人家。幹完活，老人常常在昏暗的牛屋外邊搓繩（就是用手把稻草擰成繩子），我也常常搬個小凳子在旁邊幫老人搓繩。我問老人，"牛怎麼這麼聽你話？"他說，"牛其實對誰的話都聽，你過幾天就知道。牛對你也會很聽話的。"我又問，"那牛為甚麼那麼聽話呢？"沒錯！牛對人是太好了，吃的是草，擠的是奶，還要每天幹這麼多苦力。殊不知，老人給了我一個意想不到的回答。

"那是因為牛總是把人看大，把自己看小的。牛的眼睛天生是這樣的，哪怕是一個小孩，對牛來說，也像是看到一個巨人那樣。白狗就不這樣（紹興人稱鵝為白狗），白狗的眼睛會把人看小的，所以它碰到任何人都敢去咬，去追趕，雖然它比人還小。"我不知道這番話是真是假，但心裡覺得很有意思，從一般眼睛構造的幾何光學原理講，這也不是不可能的，就拿人說吧，難道我們人看到的東西都是真實的嗎？

從科學上講，我們看到的未必是真實的。首先，我們只能看到可見光頻率的物體，紫外和紅外是看不到的。色覺本身是一種對電磁波粗略而碎塊化的編碼，而我們眼睛的電磁波是極化的和連續頻率的，所以，很不真實。我們看到的紅，未必是真的紅，真的紅我們也未必看得到。另外，愛因斯坦從車站廣場的大鐘上看到八點鐘，而想像如果光速足夠慢的話，他看到的八點，未必是真實的八點鐘。

這說明，我們看到的未必一定是真實的。我們沒有看到的，也未必一定不是真實的。從這個意義上去理解老人那番有關牛眼睛的話，其實很有哲學意義，尤其對年輕人的處世為人，更是如此。

"把人家看大，把自己看小" 是一種謙虛。"虛能長學"，人感到自己的渺小時，才能開始做一些稱得上偉大的事。為甚麼謙虛那麼重要呢？因為人天生有一個臭毛病，習慣了把自己看大，把別人看小，不自覺地放大了自己的優點和功勞。所以，時刻提醒自己要保持"謙虛"，其實是一種心理上的"校正"，更忠實於"客觀"。

"把人家看大，把自己看小" 是一種智慧。蘇格拉底說過，"我比別人多知道的那一點，就是我知道自己是無知的。"每年畢業禮畢，學生讓我同他們講講離開校園後最要注意的事情，我常常會說，"無論你在哪裡，永遠記住你旁邊有一個比你更聰明的人。" 時時注意這一條會使我們一方面把心"虛"下來，虛心聽取別人的意見，看"重"別人的觀點，才能虛心好學。另一方面，當你知道身旁有一位比你聰明的人，你會謹言慎行，不敢胡說八道，這樣就避免了許多犯錯的機會。所以把自己看小其實是一種智慧。

"把人家看大，把自己看小" 也是一種高貴。只有具有這種高貴的品質和境界，人才會變得豁達，才會對事對人充滿仁愛和寬容。一個人如果老是想自己，講自己，只顧自己，不顧旁人，怎麼會有仁愛和寬容？凡事把他人的利益放在前面，"前半夜想想別人，後半夜想想自己"是有道理的。如果把這順序倒過來，就不行了。而要做到這點，首先必須"把人家看大，把自己看小"。

我放牛的日子並不長。到了秋天的時候，隊裡的三頭牛中有一頭幹活總是不夠利索，S叔說那頭牛太老了，幹不動了，叫我手下留情，少抽鞭子，我有時候看它走不動，就乾脆早早地把它牽回牛屋休息……過了幾天，聽隊長說隊裡決定要把那頭老牛殺掉。一方面它幹不了太多活了，另一方面，村民們那時都吃不飽，殺了牛，還可以改善生活。

最後那個傍晚，我去牛屋，老人照例在門口搓繩。我進屋去放了一把牛草，那頭老牛一隻腳半跪在地上，昏暗的燈光下，依稀能看到它渾濁的眼光。我出門坐在老人旁邊，幫著搓繩。那晚，老人沒同我講一句話。

第二天早上，一開門，就聽到很多小孩大人們歡樂的吆喝聲，原來小河兩岸都在分牛肉。全村只有老人和我沒去領牛肉。

我照例去牛屋。門外的老人還在那裡搓繩，門內的老牛不在了，已經帶著謙虛和智慧離開了世界！

"把人家看大，把自己看小"是一種謙虛。

"把人家看大，把自己看小"是一種智慧。

"把人家看大，把自己看小"也是一種高貴。

守墓者

我是第四次來這家舊書店了。這家舊書店坐落在京都的舊城區，店面很小，幾乎所有空間都擺滿了舊書，整理得井井有條，每本書都包著書皮，書脊上有主人所寫的工整的漢字。這家書店有不少關於書法碑帖、古代書畫和書道理論的古書，也有不少中文舊書，民國時代的字帖、課本、尺牘和連環畫都有，因此我很喜歡來這裡逛。

這家舊書店據說已有一百六十多年的歷史，店主是一對老夫婦，上午一般是老先生在店裡照看生意，下午則是老太太守在店裡，因而我與他們二人都有過照面，卻從未同時看到過他們倆。今天我興沖沖地趕來，不料卻吃了閉門羹，店門鎖著，不知是甚麼原因，今天也並非休息日，或許是老人身體不佳，或是另有緣由，我只好在心裡默默為他們禱告。

這家店是關西大學的一位教授介紹給我的，他在這個社區
長大，小時候每天上學都會路過這家店，所以很熟。這位
教授也領我去過京都其它的舊書店，從那時開始，逛舊書
店就成了我的一個業餘愛好。京都的舊書店很多，雖然其
他城市，如大阪、東京，甚至札幌都有舊書店，但規模不
像京都的這麼大。舊書店的收藏通常也都非常豐富，你能
在其中找到各類書籍，更有妥善保存的書籍珍本。有的書
店則比較專業，專營藝術、音樂、歷史、宗教或科學方面
的圖書。逛舊書店不僅能夠了解到許多歷史、文化方面的
知識，還能淘到一些自己喜歡的、但平時很難找到的珍貴
資料。

這些舊書店的店主常常是老人，書店是幾代人繼承下來的，
客人很少，我在店裡幾乎很少看到其他顧客，生意的景況
是可想而知的了。有時候我常常納悶，這些書店要怎麼生
存呢？如果在中國的某個城市，這些書店可能早就轉做衣
服或金銀首飾的買賣了，生意肯定比舊書店好，再不然就
把這些老房子賣掉，或許也是個好主意，因為這些書店通
常都位於黃金地段，房子的價值肯定不菲。

然而，在這裡，就有那麼一批人死心塌地堅守著這些舊書
店，似乎虔誠二字都不足以形容他們對舊書店的執著。回
想我上次去前面提到的那家書店，老太太在店裡，她已經

認識我了，我在店裡徘徊許久，心裡總想要買點甚麼。一方面，我是長途跋涉而來，如果空手而歸，好像很不應該；另一方面，我看著老太太怪可憐的，只我這一個顧客，如果今天我沒買甚麼東西，她這天可能就白來了，所以我很想幫襯她一下。最後，我看中幾本不錯的碑帖，但價格較貴，人民幣四千多一本，我想與她講講價錢，看能否便宜一些，我想她應該不會拒絕，畢竟她這書店的生意並不很好。

但是，完全出乎我的意料，老太太立刻回絕了，堅持以原價才肯出售，她的神情好像法官宣判一般，嚴肅而無可商量。對此，我也只好放棄。當我把碑帖放回到書架上方的時候，驀地抬頭，看見那一排排擺放著的碑帖，儼然似一塊塊墓碑……啊！昏暗的燈光下，我朝那位老太太看去，她不正像是一位守墓者嗎？

是的，他們都是守墓者。守護的是"文化傳統"的墓。如果不是為了守墓，他們無須這麼執著，這麼堅守。只有守墓者才講信仰、講承諾、講道義。守墓者從來不問功利，也不談生意！

我對店主人的尊敬之情油然而生。北宋張載講過"橫渠四句"："為天地立心，為生民立命，為往聖繼絕學，為萬世開太平。"我早年讀這四句時，總覺得除第三句以外，都講得很好，對這第三句"為往聖繼絕學"百思不解，有那麼重要嗎？會有那麼艱難嗎？但此刻，從京都這些舊書店的店主身上我才深深悟到繼承傳統之不易！如果沒有這些"守墓者"的執著堅持與寂寞守護，那麼過往的文化與悠久的傳統真將成為"絕學"，世界文明會因此失去多少光彩。

念及此，我感到無論如何我得買點東西再離開。於是，我挑了幾本古代碑帖和舊書，不問價錢就買下了。老太太把這些書整整齊齊地包好，我道謝離開了書店。不遠處有個公交站，我去那兒等車回酒店。

等了還不到十分鐘，天開始下起小雨。一會兒，我看見那位店主老太太氣喘吁吁地跑了過來，她看上去是那麼矮小，背完全駝了，因為她平常都坐在書店的櫃檯後面，所以我並沒有注意到。我急忙迎過去，她手裡拿著三百塊日元，對我說，其中一份碑帖尚未裝裱，價錢多算了，應退還我三百元。同時，估計是看到下雨了，她還拿來一把雨傘和一個大塑料袋，說著就幫我把那批書裝進了塑料袋中，並把雨傘送給了我。我忙著道謝，因為如果這些古書被雨水淋濕了的話，那可就太糟糕了。

等我回到酒店，已是黃昏時分，遠處傳來古寺的鐘聲。我打開剛買回的舊書，細細品味古人的智慧與才華。回想在那家舊書店買書的經歷，忽然感到我與店主人間似有一種莫可名狀的聯繫，我眼前的這本舊書，經他們悉心保管多年，從今天起就轉託至我的手上，由我來保管了！這難道不是我們之間的某種緣分嗎？如果這些舊書也有生命，他們在那裡等了多少年，當人們一個個無情地路過，卻只有我將他們從書架上帶走，這難道不也是我們之間的緣分嗎？

不知不覺，雨已經停了。看到玄關處擱著的那把雨傘，我彷彿又看到那位矮小瘦弱的老太太。我想她哪裡是在賣書啊！她分明是在嫁女兒，你看她是那麼慎重，那麼虔誠，那麼小心翼翼，那麼依依不捨……

每一個人都有自己的理想，但理想是一條山道，並非所有人都能走到最後，山路上開始時很熱鬧，走著走著，人就愈來愈少。當我們也想停下來，或換走平路時，看到前面仍有人在那兒掌燈前行，頓時像看到了希望的光明，從而有勇氣繼續孤獨地向前走去。

每一個人都有自己的理想，

但理想是一條山道，並非所有人都能走到最後，山路上開

始時很熱鬧，走著走著，人就愈來愈少。

讓手機歇會兒

從前有個人，奔走於城市與鄉村之間，終日忙碌不停，有時還得上學，他想如果能有一匹馬該有多好，既輕鬆快捷，又舒服風光。終於有一天他得到了一匹駿馬。於是，他騎馬到處遊逛，興高采烈，走到東，走到西，不知疲倦。有時候還隨著馬任意跑，馬到河邊去喝水，到山上去探花，他也像馬一樣悠遊得不亦樂乎。就這樣，他終日在馬背上遊玩，日復一日，年復一年。有時候不記得要辦事，有時候也忘了上學。他想："我擁有的這匹寶馬實在太好了！我讓它到哪裡它就到哪裡，可以把世界玩個遍！"

然而，那匹馬可沒有這麼想："腿長在我身上，我愛去哪就去哪。有沒有背上的那個傢伙，沒多大關係，他來陪我，還餵東西給我吃，也挺好，他不來，我照樣過日子"。

當我把這個故事講給坐在我面前、不停玩著手機的一位年輕朋友聽時，他抬起頭看了我一眼說：「你是說我是那個不知道怎麼駕馭馬的人嗎？」我對他說：「不，我是說，你是那匹馬。」

不錯，就像那匹馬和那個人，誰控制誰，很難說清楚。手機與人也是如此，你完全可以設想，用手機的人就是那匹馬，從來不以為上面還有一個人在控制他。馬背上那個人就是我們的手機，一方面跟著馬在走，另一方面在指揮著馬的行動。這很像在不遠的未來，當家庭服務機器人進入千家萬戶時，人類以為自己在指揮機器人，而機器人可能並不以為然。機器人想，家裡做甚麼、怎麼做、對誰好一點，不還是我說了算！誰對我兇，我就在他的甜品裡放點辣醬，讓他嗆死！是啊，人與機器人共處的時代是互相控制的，這就像今天的人與手機一樣。

手機對人的重要性在當今社會是顯而易見的。人離開了手機，就像小孩子離開了母親，狗離開了主人，士兵離開了指揮官，惶惶不可終日。有時想來很奇妙，這手機就像是人的靈魂了！本來手機是人的通訊工具，現在卻變成了人的「靈魂」，而人則成了手機的「腳」。

是啊，現代手機太智能了，太好玩了。越智能、越好玩，人們就越離不開它，從而造成了人人上癮（Addictive）的現象。我親眼看到過，在深圳爬山的路上，一位婦女邊爬山邊看手機，許久才發現她兒子早已滾到山下去了。在泉州的摩托車上，一位婦女邊看手機邊開摩托車，一個跟頭連人帶車摔進路邊的溝裡。我一到學生宿舍，總能看到學生斜躺在床上，手上捧著手機。那個樣子，讓我想起小時候在老照片裡看到的梳著長辮子斜躺著吸水煙的人。手機的上癮程度一點不亞於鴉片和煙草，普及程度也要廣得多。

人對手機的依賴還因為手機的便利、可穿戴性和智能性，使人無法抵禦手機的干擾。看看我們每天隨身都帶著甚麼東西？放音樂的 iPod，你要聽歌的時候，你會打開它；香煙，要抽的時候，你會取一支；墨鏡，陽光刺眼時，你會把它拿出來。這些東西都是你需要時才會去獲取，是被動的。而手機不一樣，它是主動的。一會兒電話響了，一會兒顯示"你收到一條短信"，一會兒顯示"xxx 發來一張圖片"。這種主動的干擾打亂了你的思路，打亂了你本來的工作，打亂了你原來的計劃，其影響尤為巨大。

我學生時代同寢的一位同學 T 君，學業差一點，班裡讓我幫幫他。我覺得究其原因是因為他學習時間不夠。但他同我講，另一宿舍的 S 君，無論從基礎、年齡，還是愛好來看，都與他差不多，而且他們每天都在一起玩，學習上花的時間也沒有比他多，為甚麼 S 君的成績會那麼好呢？後來經過觀察，我發現每次他們去玩，都是 S 君跑過來找 T 君，"咱們去玩吧！"因為這時 S 君已經做好了所有功課，而 T 君卻剛剛開始做作業。這樣，久而久之，T 君總是受到 S 君"主動"的干擾，學業當然好不起來。後來，我讓他"反客為主"，讓他先完成功課再去找 S 君玩，情況就大不相同。所以，主動干擾十分有害。

手機的干擾使人無法專心，而專心又是每個人真正成就一件事的最重要的條件。我們每個人的精力都是有限的，如果整天耗在手機上，我們的精力就分散了。就像手電筒的光那樣，本來已經微弱，現在發散在巨大的黑暗裡，就黯淡得看不見了！

據媒體去年十月統計，目前國內大學生每天平均上網時間是 5 小時。我問了大概 20 多位我校的同學，統計的結果是 4 小時，除去必須使用手機的時間，大概為半小時，其餘的 3—4 小時都耗費在手機遊戲、看韓劇和網購上了……如果每天的平均有效時間以 14 小時計算，大學生每天在手機上浪費的時間就佔去 1/4 左右。這個數目可不少，相當於把你的壽命縮短了 1/4。如果你原先能活到 80 歲，這樣一來，你的實際壽命只有 60 歲了。

當然，手機上網也有正面效用。智能手機是現代科技的代表，給人們的生活和工作帶來了巨大的方便。只是，各位要明白，我們一方面在享受信息時代的快捷便利，另一方面亦在接受信息時代的巨大挑戰！挑戰甚麼呢？在挑戰我們的意志力，控制使用手機的意志力。我發現，人對自己的能力常常低估，卻常常高估自己的意志，至少我周圍的人是如此，包括我本人。所以，我自己對手機的使用有一條規矩，在開重要會議、寫論文、或睡覺時，把手機放在另一個房間，讓它也休息一會兒。

從這個春季開始，我校在圖書館入口處裝了一批小箱作為"手機休息處"，鼓勵同學們在進入圖書館時把手機放進去，裡面還可以充電。如果哪天你幸運，還會有免費券送。把手機放在圖書館門外鎖好後，你便可以專心去學習了。需要的時候，你也可以隨時取回。這是一項自願服務，我鼓勵大家不妨去試試。

其實，馬要休息，人要休息，我們也需要讓手機歇會兒！讓我們的靈魂回家歇會兒！

馬要休息，

人要休息，我們也需要讓手機歇會兒！讓我們的靈

魂回家歇會兒！

月光

我在費城讀書的時候，與一位退休的華人老教授相熟，他是位著名的學者，無錫人，是中國早期出國的那批留學生中的一員。這位老先生是我所讀學科的開創學者，更可敬的是，他的文學功底亦十分扎實，那時候他時常邀我去他辦公室聊天，詩詞歌賦，無所不談，但我那時忙於學業與研究工作，無奈每每婉拒了他的邀請。

有一天，他又打來電話，說："你到我辦公室來吧，我這裡有月餅。"原來他想用月餅來"引誘"我，我想，那不如就去一次吧。其實他的月餅並沒有那麼誘人，出於禮貌，我還是嚐了一小塊，隨後便聽他與我滔滔不絕地談論起有關中秋的詩詞。原來，明天就是中秋節了！

不知不覺兩個小時過去，老先生才意猶未盡地起身送我離開。此時，天已經完全黑了。我回宿舍的路上，經過一大片草坪，皓月當空，整片草坪有如絲絨一般，月光真是太神奇了！我還從未見過月光下的草坪如此美麗，如此安寧，如此令人神往。也許是剛剛才聊過古人賞月吟詩的風雅，我不禁也想在長椅上坐一會，獨自欣賞一下月色。

古詩之中首推詠月之詩數量最繁，佳篇最多。杜甫的"露從今夜白，月是故鄉明"，李白的"舉頭望明月，低頭思故鄉"、"獨上江樓思渺然，月光如水水如天"，王建的"今夜月明人盡望，不知秋思落誰家"……這些有關月光的詩句，寫得真是太好！好到我甚至懷疑在人類歷史上，還會不會有比這些詩句更美的作品出現。

突然間，我腦中冒出一個問題："為甚麼人們看到月亮的時候就會想起故鄉，想到故鄉的親人呢？"

你看這兩千多年來，有那麼多詩人所寫的吟誦月亮的詩，為何皆與故鄉故人有關呢？現在連我自己都在月光下思念故鄉了！這或許有一個原因吧。要不然，人們為何在望著太陽的時候不會想到故鄉呢？

也許是受了古人所寫的"望月思鄉"的詩的感染，所以我們才會一看到月亮就想到那些詩，繼而又聯想到故鄉故人和故情……可是，那古時候的詩人，又是受到甚麼感染而寫出這些詩的呢？

也許是因為在中國的文化傳統中，月的"陰晴圓缺"往往使人聯想到人的"悲歡離合"，月能圓，人難全，看到明月就會觸景生情，想到遠方故鄉的親人。

也許是因為古時候，人們沒有通訊工具，覺得月亮能夠望到遠方故鄉的親人，雲聚雲散，飛鳥往還，或許能帶來故鄉親人的音訊，一輪明月也可寄託故人的相思。

也許是當人們看到月亮的時候，一天的喧囂已歸於寧靜，心安靜下來之後，才體會到藏於深處的寂寞與孤獨，當再望到同樣孤獨淒清的明月時，不免會感到傷感。

清晨與黑夜是一天的兩極，正如太陽與月亮是天上的兩極一樣。每天清晨，太陽升起，帶來了光明與一天的希望，我們開始興奮、忙碌、張揚、激動、揮灑汗水和精力，我們的心逐漸離開原本的位置，愈行愈遠。直到夜晚，月亮降臨了。月光下，一切又恢復了最初的安靜，我們的心就像繃緊的橡皮筋一樣，又彈回到了原本的位置。如果說，太陽給了我們向前走的衝動，月亮則賦予了我們向後看的雅情。這或許就是為甚麼我們在月光底下常常會想到故鄉和故人的緣由。

童年時在家鄉很喜歡過中秋節，那晚常常有許多親友帶來各種好吃的東西。傍晚在天井裡，八仙桌上擺放著各色果品，中間是一塊巨大的圓形月餅，天井的石板上都插著紅蠟燭，感覺十分浪漫，小孩們繞著桌子，跑啊跳啊，跑累了還不肯停下來，心裡惦記著桌上的大月餅……

後來，"文化大革命"開始了，月餅不見了，更不要說在天井裡的石板上插上紅蠟燭來行祭拜禮了。記得有一年中秋的晚上，家裡只剩下我與祖母兩人，祖母煮了一隻雞蛋給我吃，說雞蛋也是圓的，蛋黃也是黃色的，姑且當做月餅吃吧。我背著一頂小桌子到園子裡，躺在桌子上，祖母坐在我身邊，一把大芭蕉扇慢慢地搖著，我靜靜地望著天上的圓月，問祖母："這月亮怎麼不會掉下來啊？"祖母說："月亮不會掉下來，因為有星星陪著她。"我又問："星星為甚麼不會掉下來呢？"祖母也回答不了。我又問了很多問題，祖母都講不出來，她說不如給我講天上月亮裡的故事吧……

再後來，我去下鄉了。有一年中秋，村裡晚上熄燈很早，月光下躺著安靜的村莊。我獨自在河邊洗衣服，大大的月亮映在水裡。在這個家家戶戶都應團圓的時刻，我卻孤身一人，在河邊洗衣，心中感到有些淒涼。正想著，忽然從遠處傳來一陣歌聲，好似仙樂一般。怎麼會有人在如此寂靜的村莊裡唱歌呢？仔細一聽，那歌聲好像是從附近的變電所裡傳來的。變電所裡面住著一群"工人階級"，高高的圍牆將他們與我們分隔開來，我們從未走進去過。不過此時，聽著這歌聲已是十分享受的了。從這之後，我每天都在這個時候去河邊洗衣服，那個人也總是在這個時候開始唱歌……直到有一天，歌聲再也沒有響起。我始終不知道唱歌的人是誰，也不知道她為何而來，又為何而走……

故鄉就像茫茫夜空中的明月，那清冷皎潔的月光陪伴我們走過人生的漫漫長路，照耀著我們來時的方向，在那最遠的盡頭，或許就是我們心中最近的那點。

如果说，

太陽給了我們向前走的衝動，月亮則賦予了我們

向後看的雅情。

旅人

很多年以前，我去參加一次國際會議，會議在意大利北部的一個古老的小城市 Udine（烏迪內）舉行。因為是從另一個國際會議之後趕來，我便比原本的會議時間提前了一天到達，那天正好是週末，我想如果有人可以結伴同遊這個中世紀古城，倒也不失為一件樂事。

我住在離會議地點不遠的一家小酒店，雖然預訂的時候已經知道這是一家小酒店，但到了之後還是大吃一驚：世界上竟然有這樣小的酒店！三層樓的老住宅，每層大概有兩到三間房，總共估計也不過十來個房間，電梯狹小到只能站兩個人，還得臉對著臉，讓人很不自在。

酒店是 "Bed and Breakfast"，早上我去樓下吃早點，遇到一位年歲較大的旅客，穿著整整齊齊的西服，留著鬍子，極為彬彬有禮，他介紹自己是來自拉脫維亞的一名中學歷史教師（稱他為 L 君吧）。他說自己是第一次來到這個城市，以前只在書本上讀過它的歷史，現在可以親眼看到它，心裡很激動。我們剛坐了一會兒，從樓梯上又下來一個年輕人，像他這種背包族，看樣子是個大學生無疑了（稱他為 B 君）。他介紹自己是巴黎一所大學的大三學生，學藝術設計。小夥子很陽光，十分健談，一聽說我倆想去古城遊覽，立刻喊著也要同去。於是我們就邊吃早餐邊一起討論這天的行程了。這頓早餐可能是我在酒店裡用過的最簡單的，但卻是時間最長的，因為我們三人都是初來乍到，所有的信息和想法都是道聽塗說，所以花了很長時間討論遊覽的行程。

時間不多，趕緊上路！那天天氣晴朗，藍天下中世紀古堡的斷牆殘垣，顯得格外具有歷史韻味。一兩處古跡走下來，L 君好像有點跟不上我們，原來他心臟不好，在一個古堡的螺旋樓梯中間，他明顯有些吃不消了，那樓梯只容一個人上下，他走不上去，跟在他後面的我們也只能停了腳步。雖然他看上去極不願放棄，但我還是堅持讓他不要勉強，不如大家都不上去，否則出了人命可就不妙了。

好不容易待他舒緩下來，已是中午時分，我們要找個餐館吃飯。我們在街上走啊走啊，竟然走了一個多小時還是沒找到。其實並不是沒有飯店，而是每一個飯店，B 君都覺得太貴了，不願意花錢，可能是囊中羞澀吧！我們當然要尊重他，就這樣，走了很長時間，我們才找到一家小攤子，坐在人行道的露天椅子上吃了點當地的 pizza。

一天的旅行雖然辛苦，倒還是很愉快的。回到酒店已是晚上了，我買了點熟食和幾瓶啤酒，提議不如回酒店房間吃飯吧。B 君熱情地邀請我們到他頂樓的房間去，去了之後，才發現那是一個閣樓房間，要貓著腰進去，但估計價格會便宜點。站在房間裡，要把斜窗打開，人才能站直，而這時上半身早已在屋頂外面了。但這閣樓也挺不錯的，能看到天上的飛鳥，而遠處月光下，教堂的尖頂也顯得格外神聖！

我們邊喝啤酒，邊回味這天的遊歷。先是 B 君十分感歎，很抱歉因為自己帶錢不多，尋找飯店耽誤了大家很多時間。他說："旅行是我生命中最重要的東西，但現在看來還做不到，旅行最重要的是有足夠的經濟財務保障，等我哪天有錢了，一定要走遍天下。"L 君靜靜地聽著，慢慢說道"我年輕的時候，也是這樣想的。但其實錯了！旅行最重要的條件是健康的身體，身體不行哪裡都去不了。"聽著他們的爭論，其實我也有自己的苦衷："旅行關鍵還是要有時間，我太忙了，抽一天時間去旅行一下對我來說已是十分奢侈，你們倆還可以明天再去我們今天尚未去過的地方，而我只能想想了，哪能陪你們去呢。所以基本條件是時間。"

多少年過去了，那天晚上我們討論旅行的情景還歷歷在目，我們三人所講到的旅行的三個要素，隨著自己的人生一路走來，愈發覺得確實如此。當我們年輕的時候，總覺得時間大把，身體健康，但囊中羞澀，處處受到自己經濟條件的限制，交通儘量選擇火車的硬座票，有時甚至是貨車運貨艙；旅店儘量住通鋪或十多人一間的房間，有時找不到這樣的房間，就在火車站大廳的座位上過一夜……而當我們稍稍有了點錢，卻又忙於工作，很少可以抽時間出去旅行，有時即使去旅行也是帶了很多工作，邊改論文邊旅行。人到了晚年，經濟條件和閒暇時間都不成問題了，但身體開始不行了。你會擔心這山太高，那路太遠，時間太緊，對世界上的許多名山大川只能是望洋興嘆，心有餘而力不足了。

你看，上帝很殘酷。完成一件事需要三個條件：經濟、時間和精力。他不讓你同時具備這三個條件，常常是給你兩個或者兩個半。

人生就是這麼遺憾！

旅行是如此，人生中的其它事也是如此，比如說讀書。上次去武漢出差，去一家書店裡逛，一位年輕人拿著一本書問店員此書今天是否打折，店員回答他說沒有。過了幾分鐘，他又跑到另一個櫃頭去問同樣的問題，另一位店員還是回答他沒有。出於好奇，待他走開後我去看了一下他要的是甚麼貴重的書，一看價格也不過四十多元。回想起來，我年輕的時候也是這麼過來的，當時因為買不起書，我還手抄過好幾本書。當我們有錢買書的時候，卻已經沒有時間看書了，書櫃上放著很多新書，晚上坐在寫字台前，斜眼瞄著這些來不及看的新書，那感覺有些像《大紅燈籠高高掛》那部電影裡，老爺看著每個妻妾門前高掛的燈籠，一開始是得意，"有這麼多書，選哪本都行。"繼而是遺憾，"哪有這麼多時間啊！"當然，到了一定年歲之後，你會發現能讀的書的數量也是有限的了，正如一位年長的朋友對我說的："我現在要很仔細地挑選要讀的書，因為我剩下的時間不多了。"

所以，做甚麼事都有這三個限制。人生的這三個要素很像我們穿的學生裝上的那三個口袋，一隻口袋裝金錢，一隻口袋裝時間，另一隻口袋裝健康，而這三個口袋又好像是互相連通的。一隻口袋滿起來的時候，另一隻口袋就會空下來，似乎我們永遠找不到三個口袋都很滿的時候。於是，你會用一隻口袋的健康去買另一隻口袋的時間，或者用一隻口袋的金錢去買另一隻口袋的健康，但買來買去，你還是很難做到裝滿三個口袋的時候。

這三個要素，從數學上講，可以把它看成三個坐標軸，你可以想像把你一生可用的最多的錢財作為最大值，歸一化後，截一段座標。同理，你可以把你一生的時間和健康狀態作為其他兩個座標，這就構成了你的三維人生座標。在這個坐標系裡，每個人都是從原點開始的，因為這三個參數在你出生時都是零，然後才伸展開來，有時沿著一個座標面走一陣子，有時沿著另一個座標面走一陣子，走著走著，你就在這個長方形裡面繞了一大圈，漸漸地又走回到了原點。不信你可以去查一下，你今天的人生座標函數值大概是多少。

人生，就是一場旅行。我們都是旅人，凡是旅人都需要這三個條件。上帝常常只給你兩個或兩個半，剩下一個或半個就要你自己去爭取了。這種爭取和努力，就是你不顧磨難，奮力向上的追求和修行，這就構成了每一個旅人一生的精彩與美麗。

我突然有一種再去一次 Udine 的衝動，至少在我還沒有 L 君那麼老的時候！

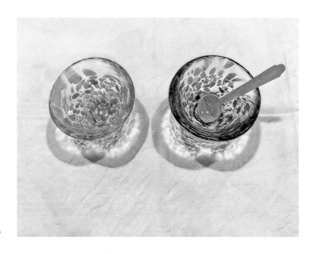

上帝很殘酷。

完成一件事需要三個條件：經濟、時間和精力。

他不讓你同時具備這三個條件，常常是給你兩

個或者兩個半。

遲到的感恩

說到感恩，我常想起多年前的一件事。

剛到美國讀書時，有一對老夫婦經常請我去唐人街的中餐館吃飯。有一次，吃完中飯，他們照例買單，並用現金付了小費。因為與他們很熟，我看了帳單，就問他們大概應該付多少小費。之前聽人講，在美國餐館，小費一般是消費金額的5—10%左右。那對夫婦對我說，他們一般是付20—25%。他們在美國至多也只是中產階層，算不上富裕。但他們說：這些服務員很辛苦，小費是他們所有的收入，我們應該多表示一點感恩（appreciation）。所以，我們總是付"多於他們期望的那個數字"（more than what they expected）。

在以後的生活中，我與家人基本上也按照這對老夫婦的做法，在表示我們的感恩時，do more than what they expected。曾經有朋友提醒我，小費是否付得太多了，但我總是想，這一輩子是窮是富，我也不知道，但有一點我可以確信，那就是：如果我窮，絕不會是因為我付了太多的小費。

其實，感恩是一種福分，多一點感恩就會多一點福分。為甚麼呢？首先，當你感恩的時候，你的內心是愉悅的，因為你在做一件令人家也感到愉悅的事情，而這個"人家"正是你希望他（她）感到快樂的人，所以，感恩是一種使彼此愉悅的事。再者，當你心懷感恩的時候，你即在回顧那個令你感激的過程，你在追溯那段幸福的時光，所以你的內心是寧靜的，平和的。因而，感恩能讓人寧靜和喜悅，這不正是你人生中最重要的福分嗎？

小時候看電影時老想著"好人"、"壞人"，後來長大了，總問自己，甚麼樣的人才是"好人"呢？再後來，經過了一段相當長的時間，我才慢慢意識到，如果這個世界有"好人"的話，那麼，那個"好人"一定是"善良"的人！反過來，善良的人一般是"好人"。為甚麼善良那麼重要呢？有甚麼東西能使人善良起來呢？我自己的觀察是，當一個人開始感恩的時候，他（她）就會開始行善。因為感恩，他感到善良的必要，他意識到善良的力量，於是他也會努力嘗試著去做些善良的事。

感恩其實是我們生活中每時每刻都能做到的事。

記得我在匹茲堡工作時,我辦公的那層樓有一位清潔阿姨(office maid),負責我們幾個辦公室的清潔和茶水等等。她年歲較大,體態有些臃腫,行動不是很靈便。我經常看到她在走廊裡擦東擦西,我也會時不時地和她說兩句話。看得出,她很願意與我聊上幾句,因為好像沒有很多人會與她聊天。我記得她有一個兒子,在菲律賓服役。

有一次,我從走廊經過,走廊很長,我遠遠地看到她在走廊的那端,一個很暗的地方,呆呆地立在那裡。我從她身邊經過的時候,看到她的臉色不太好,便問候了兩句,原來她的老母親剛剛過世了。她說她身邊唯一的親人走了,她很悲傷。我不知該說些甚麼,就站在那裡陪她聊了一會兒,我們聊到了她在菲律賓當兵的兒子,一說到兒子,她臉上的烏雲開始散去,說了很多關於她兒子的事情,還說如果她兒子能找個像我們中國學生這樣的亞洲人做女朋友,她會很開心⋯⋯

在一次較長時間的國際旅行之後,我回到辦公室,發現辦公室外邊走廊的一個窗口上,多了一盆花,那是一株有泥

土培栽的，很美的粉紅色的花。花盆上有一張小卡片，我
一看是寫給我的。原來，那位清潔阿姨已經辭了工。她寫
道："感激你每次見到我都會與我說話，短短的幾句話讓我
感到溫暖，見到你常常讓我想起我的兒子。"

這株花一直長得很好，教授們經過走廊時，都會看一看它。
每當我走到辦公室門口，拿起鑰匙開門時，看到這株花，
總會想到那位老人。

感恩其實不是一件奢侈的東西，有時日常的三言兩語，也
能表達我們的感激，尤其是對身邊常常被我們遺忘的人們。

前一陣，我在美國的兩位朋友，一對老夫婦，先後過世了。
先生是中學的數學老師，夫人教生物，育有四個子女，都
已獨立。老人走後，他的兒子對我講，兩位老人在世時，
有退休金，生活尚可，健康也不錯，一年有時見上1—2次
面，因為兄弟姐妹四人都很忙，老實說，把老兩口給"忘
了"。就他自己而言，他操心過很多人與事，唯獨沒去想過
他的父母，更不要說在他們還健在的時候，表示一些感恩
之情。

我的這對美國朋友，與天下父母一樣，生前總是盡可能地
不去麻煩子女。事實上，他們對朋友也是一樣。他們住在

費城，我住在匹茲堡，有一次我在電話中說想過去看看他們。他們連忙說，你工作太忙，我們過去看你吧。於是，在一個週末，他們老兩口，都快八十歲的人，開了快十個小時的車來到我家。我們的好友，我們的父母，我們的老師，總是這樣，盡可能地不想麻煩我們。而正因為如此，我們總是"忘了"他們。

我忽然想到，莊子講"忘足，履之適也"。人穿鞋子，如果合適，是不會想到鞋子的。如果鞋太小，或太大，或裡面有一粒小沙子，那就老是要想到鞋子，想立即脫下來換掉。我們忘記了身體，是因為我們還健康；忘記了孩子，是因為孩子懂事；忘記了父母，是因為父母還健在，沒麻煩我們。我們是不是應該感恩那些在我們身邊，卻常常被我們遺忘的人們？

感恩那些被遺忘的人們，尤其是父母，總是一種"遲到的感恩"。有一次星期天，在學生的"英語俱樂部"中，我們談論的話題是"假如你明天就要離開這個世界，你今天會去做甚麼"。大家聊得很起勁。這個話題涉及到你人生中可能會有的最大的遺憾是甚麼。我有一位美國朋友，很多年前已是一位很成功的企業家，身價近百億。他有一次坐飛機，遇到一些故障，飛機忽上忽下，每次都有一千多米。所有乘客都被要求立即寫遺書。我那位朋友說，他當時的第一個念頭是，幸好上週把那八億美金的欠款還給了一位多年的好友，否則，他會感到非常遺憾。是的，欠的債無法還清是一份終生的遺憾。但我卻以為，人生最大的遺憾可能還不止於此。

我想，人生最大的遺憾或許是你忘了感恩那些應該感恩的人，那些遲到的感恩是一個人終生的遺憾。

我在去年感恩節寫這篇文章的時候，我的父親還健在。今天再重寫這篇文章的時候，他已經在天上了，已經看不到這篇文章了。我送別他的那天，從墓地走下來，遠遠望去，陽光下一條鋪滿樹葉的小路，我忽然想起童年時他是背著我從這條路走上來的。我不由地回首，看看山上，頓時一種來自漫山遍野的感恩之情充滿了心裡……

是的，這當然也是"遲到的感恩"。

人生就像一次匆匆的夜行，夜行裡大多數時光是沒有星星和月亮的黑夜。我們要感恩的人就像那些在我們前面一閃一閃的路燈，福分大的人，燈就多一些，亮一些，使我們在夜行裡多一份溫暖，多一份希望。

人生就像一次匆匆的夜行，夜行裡大多數時光是
沒有星星和月亮的黑夜。我們要感恩的人就像那
些在我們前面一閃一閃的路燈，使我們在夜行裡
多一份溫暖，多一份希望。

莫高窟的智慧

從小就知道西邊的沙漠上有一顆明珠，那就是我一直夢想要去的地方。去年終於得償所願，與一幫香港的朋友結伴，遊覽了敦煌莫高窟，總共走了二十多個洞窟，十分盡興。

敦煌莫高窟始建於十六國時代，經十六國、北朝、隋、唐、五代、宋、西夏、元等歷代興建，終成規模，目前共有洞窟 700 餘個。然而，莫高窟最為輝煌的時代當屬唐朝，據說那時洞窟的數目曾達千餘個。北宋之後，莫高窟才漸趨衰落，元代後就更為冷落荒廢。莫高窟的興盛與絲綢之路的繁榮緊密相關。當時，莫高窟作為絲綢之路上的重鎮，無論是達官貴人、商旅使者，還是僧侶和傳教士都會在此經過。因而，敦煌藝術最為輝煌的成就就在於她的包容，不同民族、不同宗教、不同藝術流派的精華都得以在敦煌交融呈現。我還想像不出世界上會有第二個地方，能夠像敦煌這樣，把千姿百態的世界文明統統融合在萬里沙海中的一塊小小的石崖上。

去莫高窟之前，我想她大概與其他石窟無二，無非是一些石雕、菩薩和壁畫。但到了莫高窟，我卻實實在在地被眼前的景象震撼了！這種震撼遠遠大於任何一個宗教寺院、藝術展覽或人文古跡所帶給我的感受。仔細想來，其緣由大概是莫高窟包含了所有你想像得到和你想像不到的東西，她是包羅萬象的，這種包羅萬象體現了她巨大的包容精神。

莫高窟的包容隨處可見。作為佛教聖地，她處處頌揚著佛陀的功德，然而，她的一些壁畫風格卻頗似基督教教堂中的壁畫與窗畫，而有些人物故事又出自道教的經典。敦煌壁畫常以印度古代摩伽陀國的神話為題，但其中的山水風景與線條風格又往往透露著中國傳統的畫風。敦煌壁畫的色彩也很奇特，一方面她有張大千臨摹敦煌壁畫後常在作品中用到的淡綠鮮豔的潑彩水墨，另一方面她又有許多近似伊朗、希臘一帶壁畫的棕黑與深藍的色調。典型的佛教神話如飛天、九色鹿王、比丘尼遇難等故事在壁畫呈現上採用各種畫法，異彩紛呈。這可以說是那個時代百花齊放所特有的燦爛輝煌。

敦煌藝術最輝煌的時代在唐朝，這與唐朝包容寬鬆的政治經濟環境極為相關。唐代不僅是我國歷史上最為寬容的朝代之一，在世界歷史上，可能也只有古羅馬帝國能夠與之相較。唐代的用人制度，自唐太宗始，都是寬容且多元的。據考證，那時的政府官員有三分之一是外國人。我想現今任何一個國家、地區的政府恐怕都很難做到這點。唐代也是宗教信仰十分自由的時代，道教與佛教在這段時期均發展蓬勃，這在我國歷史上的所有朝代中，或者其他國家的不同時代也是極為少見的。

敦煌藝術啟示我們：寬容、多元、包容，不僅對藝術，對一個地區，乃至一個國家的發展都是至關重要的。從歷史上看，每當一個地區的人民具有寬宏包容的心態，這個地區就開始發展、逐漸興盛，繼而在心態上會更為自信、更加包容，最終走向繁榮與強盛。唐朝就是一個例子。反之，如果抱有保守狹窄的心胸，這個地區就會日漸封閉保守，逐漸走向沒落，明朝就是一個例子。

當然，包容精神的本質是對自己的信心。古人講"有容乃大"、"以大度兼容，則萬物兼濟"，包容是一種高貴的品質和成熟的心境，有了這種品質和心境，人會變得豁達，變得堅強；藝術會變得豐富，變得有趣；科學會變得廣博，變得深厚。一個"容"字是古今中外，無論是文化藝術，還是科技產業，從弱到強，從無到有的根本原因。"容"字體現了一個人，一個民族的格局和未來的走向。

這讓我想到今天的深圳。在深圳百分之九十以上的人都是外地人，在這個平均年齡不到三十歲的城市裡，到處可見年輕人的創新活力。為甚麼在這短短的三十來年裡，有這麼多年輕人到深圳來？他們為甚麼不到別的地方去呢？這中間一定有其原因。我問過很多年輕人："你為甚麼要到深圳來？"他們的回答大多是以下兩點：第一，這裡的機會多一點；第二，這裡不排斥外地人。其實第一點也是由第二點作為前提的。能夠容納外地人是一個地方興旺發達的最基本因素。上世紀的紐約和上海是如此，今天的硅谷和深圳亦是如此。

在深圳，很少有人問你是哪裡人，因為這裡幾乎所有人都是外地人。曾經有位香港朋友問我，深圳都是些甚麼人？我回答，我們深圳都是鄉下人，無非是進城的先後和來自的鄉下不同罷了，有的進城早，有的是剛剛進城，有的說潮州話，有的說湖南話，有的說東北話，有的說四川話。就是這麼多成千上萬、上百萬、上千萬的年輕人，從全中國各個角落奔赴深圳，懷揣夢想，艱苦創業，互不歧視，造就了這座城市經濟與科技無與倫比的輝煌！

來了就是深圳人，深圳的文化就是包容多元的文化。如果要用一個字來描述深圳的文化，那就是"容"。你看，廣州人說粵語，上海人說上海話，全國各地都有自己的方言，連北京都有北京腔的京片子，只有深圳沒有"深圳話"。在深圳，深圳人講自己聽得懂的全國各地的普通話，北京人能聽得懂，香港人也聽得懂。

到街上去看，穿甚麼衣服的人都有。前兩天，我與一位內地的朋友在街上走，前面一個男子穿著一件現在很難見到的草綠色的軍大衣，旁邊走著一位穿著超短褲的女孩，露著兩條修長的白腿。我那位朋友悄悄地對我說："你瞧這倆穿的！"我說："挺好，一個青菜，一個蘿蔔。"想當年在內地，若是有哪個年輕人留長髮，穿大口的喇叭褲，準有街頭老大媽揮著剪刀等著，一看到就追上來剪。

在敦煌聽到這樣一個故事。幾十年前，敦煌還不像現在這樣有名，沒有多少遊客，只有幾十名考古工作者埋頭在沙漠裡做研究。這些考古工作者常常在晚上被熱鬧嘈雜的人聲所驚醒，醒來一看卻甚麼人也沒有。睡下後，不一會兒又聽見人群熙熙攘攘的聲音，好像是當年畫壁畫的畫家和工匠們在和市民們說話交流。有趣的是，這些考古學家怎麼也聽不懂他們在講甚麼話。我不禁插嘴"估計他們講的也不是一種語言"，他們是來自世界各地的藝術家啊！我那天晚上在想，如果五百年後在深圳的華強北地區"鬧鬼"的話，那些鬼可能都講些甚麼話？是的，在今天的深圳，人們在機場，在車站講著各種各樣的語言，熙熙攘攘之下是不同文化背景碰撞所產生的火花，所激發的創新，所催生的新時代的文化。

世上的事到最後是一個"容"字。你能容多少，你就能得到多少。世界是大海，這個"容"字就是你手上的那隻碗。在歷史的長河裡，我們所看到的是多少人的可憐的小碗在這個大海裡拚命倒騰，為的是盛到更多的水。然而，能盛多少水與你的倒騰沒有太多關係，而只與你手上那隻碗的容量有關。即便是知識，亦是如此。清代畫家石濤在講到書畫時曾經說："天之授人也，因其可授而授之，亦有大知而有大授，少知而小授也。"你看，你容器如果小的話，即使老師也只能交給你一點點小小的技能。此所謂"水惟善下能成海，山不矜高自極天。"

昔日的莫高窟和今日的深圳說明了同一個道理：海納百川，是海之成為海的唯一途徑。心胸有多大，格局就有多大。你容得了天下，你就是天下！

"容"字體現了一個人,一個民族的格局和

未來的走向。心胸有多大,格局就有多大。

你容得了天下,你就是天下!

小師父

童年時，我曾與家人去浙東鄉下的一座寺廟，拜訪在那裡
擔任方丈的遠房親戚。寺廟位於江灣口，上了河埠就能看
到兩扇紅色大門，門上有兩幅十分兇相的羅漢畫像，讓人
看了不禁感到有點恐懼。廟並不大，進門有幾間廂房，後
面是一個院子。

院子裡青松翠柏，景色頗為雅致。院子右面長著一棵十分
高大的青松，青松旁有一口井。那天清晨，我看到一位小
和尚在井旁洗菜。我站了一會兒，他看見了我，就叫我"三
少爺"。我不知道怎麼叫他，問了祖母後，祖母說就叫他
"小師父"。小和尚眉毛很淡，眼睛很細，臉色白淨，笑眯
眯的，很和氣。我看他老是在洗菜，問他為何要洗這麼多
菜，他說今天客人很多。我說我們從城裡帶了很多東西，

有芝麻醬等等，他說那是大和尚吃的，況且有客人在，他不可以吃的。我心裡不免為他感到有點不平，但他還是笑眯眯的。

小師父可能比我大個五六歲吧，因而我可以問他很多東西。我說，我房間門外的觀音菩薩是男的還是女的？她怎麼能站在一條紅色的大魚上面不掉下來呢？她為甚麼老是盯著我看呢？很多時候他也答不上來，但他總是很和氣，老是笑眯眯的。嘴上支支吾吾，而臉上笑眯眯的，那個樣子很是可愛。

第二天下午，我在房裡看書，側面牆邊很高的地方有一排很大的鐵罐，是放祭品用的，裡面有我很愛吃的"金棗"。金棗其實是條狀麵粉油炸後塗上一層冰糖做成的，又香又甜。我看完書，忽然有點肚餓，想去拿點金棗吃，於是爬上桌子，但站在桌子上也還夠不著那排鐵罐，於是就拿一把椅子放在桌子上再站上去，終於打開了那個鐵罐，伸手進去取的時候，因為鐵罐很深，一不小心，整個鐵罐從高處掉下來，人幸好靠在櫃子上沒事，一聲巨響，把我嚇得不敢動彈，外邊我那是遠房親戚的方丈在唸經，喊道"甚麼事啊？"小師父聞聲進來，看到我站在桌子上，一臉尷尬的樣子，他就把門關起來，對外面說："沒甚麼事，鐵罐掉下來了，大概是老鼠吧。"我心裡好生感激小師父。

接下來的幾天裡，人們都忙著燒香、唸佛、會友、聊天，
我主要跟著小師父轉來轉去。小師父帶我去的最多的地方
是後園。地母殿後面有一片小小的草地，草地上有一棵大
樹，好像是樟樹，再過去有一棵小樹。小師父說，這棵小
樹其實比大樹年長，因為是黃梁木，長不高。小草坪後面
是一片茂密的竹林，小師父跟我一起去採過幾次筍，他說，
如果筍頭露在外面，那個筍已經老了，不能砍來吃。要看
地面上有點鬆鬆的泥土，再用鋤頭稍稍挖下去，就能看到
白白嫩嫩的竹筍，那筍是最鮮嫩可口的。

竹園旁邊有條小路，小師父在前走，我在後面跟，常常看
到有些小生物，像蝸牛、蜈蚣、蚯蚓，路上有時還有小蛇。
小師父總是用手上的竹竿把它們撥到路旁，我問他為甚麼
要去撥，他說在路上會被人家踩著，讓它們到旁邊去，回
家去。他一邊彎著腰去撥這些小生物，一邊笑眯眯地叫著
"走開，走開……"

小師父無論洗菜，還是唸經，常常坐在一把竹椅上。破舊
的竹椅很大，他人很小，看上去很不相稱，他每次坐在上
面，竹椅都吱呀吱呀地響，好像要坐破的樣子。我後來發
現，小師父每坐上去的時候，都要把竹椅抖動抖動，然後
再坐上去。我問他為甚麼，他說椅子舊了，裡面有很多小
蟲，坐上去後可能會把它們壓死，所以要先抖動一下，讓

它們跑掉……回想這些事，我真覺得小師父是一個善人，雖然那個時候太小，還不知道甚麼叫善良。

我小時候比較文靜，說話不多，愛看書，整體講是那種比較聽話的孩子，所以大人都很喜歡我，尤其是我祖母，印象中我與祖母好像從未有過爭拗，唯一的例外就是每天晚上睡覺前，她總是要催我"太晚了，不要看書了，睡覺吧"，而我總是堅持要再看一會兒，或者說，想把這本書看完。在寺院裡也是這樣，祖母催過我兩回，我還是在那裡看書。小師父這會兒進來了，又是笑眯眯的樣子，輕輕地對我說："我放了個很熱的火銃（chòng，火銃是一種銅器，裡面放著燒熱的火炭，是南方人冬天取暖的工具）在棉被裡，趕快去啊！"經他這麼一說，我也迫不及待想趕緊上床睡覺了。

短短幾天的寺院生活，其餘的人和事我都差不多忘卻了，唯一忘不了的是那位總是笑眯眯的，善良可愛的小師父。

善良是一種習慣，只能潛移默化地養成，尤其是在人的童年和青年時代。人這一輩子，大家所肯定和讚許的往往是才華和能力，但其實很少有人是因為才華和能力的出眾而成功的。成功主要是靠平時養成的"習慣"。記得有人說過人生的前三十年是你養成一種習慣，而後三十年是習慣造就了你。所有的習慣中，我以為善良的習慣是最為重要的。因為這個習慣能使你包容、耐心、體諒、感恩，從而使你真正領悟人情世理，使你有廣闊的胸襟和廣泛的人脈。我們從周圍的人中可以看到很多很好的習慣：勤勞是一種習慣，誠實是一種習慣，節儉是一種習慣，守時是一種習慣……這些都是好習慣，但都沒法與善良這個習慣相比。因為如果沒有這個習慣，即便有了其他那些習慣，我們也只不過是一個盲人大力士，一個沒有靈魂的精英。

說到善良，也許人們會說是一種軟弱，其實不然。魯迅先生曾說「無情未必真豪傑，憐子如何不丈夫」，一個人，如果沒有對人性的感動，我覺得好像很難會對美感動，對自然感動，對科學感動。只有當你擁有心底裡的善良，你才會有用之不竭的快樂能量，從而擁有長在骨子裡的堅強。

我記得小師父的另一個重要的特徵是他可愛的笑容。那雙彎彎的小眼睛，似乎你一看到他，就會想要微笑，他笑起來，總是眯著眼睛，微微笑著，雖然含蓄，但卻是從他心裡流露出來的真誠、燦爛、喜悅的笑容。尤其在那個年代，周遭的人們都在飢餓、貧窮和動亂中掙扎，小師父的微笑對我而言更是彌足珍貴。

微笑是一種美，是最高層次的美，這是任何修飾和服裝都無法企及的美。我們周圍有很多漂亮的人，你會發現只有當他們微笑的時候，他們才是真正美的。我們學校的幾位學生主持人都很出色，我常常對他們說，化妝也好，服飾也好，背台詞也好，都不是最重要的，最重要的是，你有沒有帶上微笑。因為只要你帶上微笑，即便你犯了錯誤，人家也會原諒你的。反過來，如果你不帶微笑，即使你不犯錯誤，人家也會想要尋個錯誤出來。通過微笑，你想要溝通的人會感到你的親切，所以他們也會對你親切。通過微笑，你會讓人感到你的誠實，所以他們也會對你誠實。

微笑是一個人心靈的窗戶，泰戈爾說"當你微笑時，世界就愛上你了！"

人，就像一棵大樹，我們的善心就像樹的根鬚，牢牢地紮根在土地裡，微笑就像大樹的樹葉，隨著微風飄動。因而，善良是根，是因；微笑是葉，是果。兩者是因果關係。

微笑的小師父，我以後再也沒有見過！有人說小師父已經在動亂中過世了！時光一晃幾十年過去了，去年我有心去尋找那個寺廟，幾經周折，終於找到了寺廟大門，寺廟在文革期間全毀了，只剩下兩扇前門和一道斷牆，紅色斑駁的大門上還依稀可見那兩幅十分猙獰可怕的羅漢，寺廟旁邊那塊嘉慶皇帝所立的石碑還在。

廟門上兩幅猙獰可怕的羅漢的臉與微笑著的小師父的臉，
這樣兩幅極為不同的圖像，像電影一樣反覆交替出現在我
眼前。我雖然不能說喜歡這兩幅猙獰的羅漢像，但我想，
如果它有靈的話，或許是我童年時與小師父在一起的那段
美好時光的唯一見證者。

我面前是一望無際的金色的油菜花田，身後是一片麥田，
小師父淡淡的微笑像一襲輕風吹來，吹過油菜花田，又緩
緩地吹向我身後的麥田裡去了。

人，就像一棵大樹，

我們的善心就像樹的根鬚，牢牢地紮根在土地裡，微笑

就像大樹的樹葉，隨著微風飄動。因而，善良是根，是

因；微笑是葉，是果。

草原上的黃花菜

夏天的錫林格勒大草原，像浩瀚的大海，廣闊無垠，微風吹過散發著濃濃青草香的大地，那清香沁入肺腑，令人心曠神怡。我們駕著四輛車從錫盟向東北，邊唱歌邊飛馳在大草原上。一會兒，我們索性駛離公路，直接開在草原上。

這裡的草原真的太美了！天上的雲特別低，一朵朵雲像白色純潔的花，很低，低得好像可以用手摘取。陽光透過低低的雲層照射到遼闊的草原上，使草原染上了不同的顏色，有的是翡翠綠，有的是金色，有的地方是青藍色，有的地方是墨綠，五彩繽紛，美得無法用言語來表達。

因為前一晚下了點雨，草地有些潮濕，我們車隊的其中一輛車陷在了溝裡，於是只好停下來。下了車，踩在草原上，

更親密感受到了草原的氣息。萬萬沒有想到，草原遠看有
遠看的美，近看有近看的美。遠看它像大海，近看像是無
邊無際的花園，無數種不同顏色的花朵，像色彩繽紛的繁
星灑在藍色的天幕上。

忽然間，同行的朋友問道："那是甚麼花？"他指著一種黃
色的花，乍看有點像水仙，又有點似喇叭花，再一看，那種
花遍地都是。同行的牧民告訴我們那是黃花菜。開花的叫
黃花菜，不開花的叫金針菜，都可以食用。

我忽然想起，這就是我們小時候常吃的金針菜，曬乾後是
黃色的，可以燉肉吃，鮮嫩可口，還能使燉在一起的肉不
那麼油膩。它也可以和豆腐乾一起夾在豆腐皮中做成捲狀，
可蒸著吃，也可炸著吃，我們管這叫"素肘子"，是一道十
分可口的素食。

然而，黃花菜有這麼好看，這在以前卻是不知道的。草原
上的黃花菜很美，美得很自然。自然的美，其實是美的最
高境界。

很多年以前讀一本美學的書，書中講到對稱是美的一種。
我很同意，從許多美的建築中能很容易找到這條規律，但
仔細想，這種對稱還是應該符合自然的原則。你說樹是不

是對稱的？樹的美，是因為它對稱，但也是因為它不對稱。完全對稱的樹是沒有的，自然界不存在這樣的樹。所以，"自然"比"對稱"來得更為重要。

"自然"，就是原始的、天然的，它意味著"不刻意"。美，是不可能刻意的。我從小看過不少古代書法家的字，尤其在行書方面，比較喜歡米芾和黃庭堅。宋人稱"蘇黃米蔡"，我常想，蘇東坡為何應該排在第一呢？後來，隨著時間的增長，我卻愈來愈喜歡蘇東坡的行書，他的書法極為自然率性，不是故意要表現美，而是自然散發出來的那種美。就像草原上的黃花菜，有大有小，有長有短，葉子有青有黃，花色有深有淺。如果旁邊擺一盆五千元的君子蘭，你很容易發現，哪個更美，因為哪個更自然。

大家紛紛採著黃花菜，我以為大家是要採回去放在花瓶裡觀賞，沒想到大家都說要採回去炒著吃。牧民們平時就是這樣採回家做菜吃，或者拿到市場去賣的。

同行的那輛車已經從溝裡拉了出來，我們繼續駕車前行，然而我的思路卻還停留在黃花菜上。我想著這麼好看的花卻去作了烹飪的材料，是不是有點可惜呢！這世界上既好看又好吃的東西可不多啊！常常是好看的東西，不實用。而實用的東西，又不好看。

外表與內在都值得稱道的東西實在少見。比如説，近年來許多大城市都興建了一些地標性的建築，劇院、博物館、體育館等等，外形看上去美輪美奐，絕對出自大手筆，但如果有機會進去看看，就會發現許多不盡人意的東西。音樂廳擁有超現代的外形，但進去落座之後，你發現你連腿都伸不直，座位空間實在太小了！而演出就更是慘不忍睹了。"一流的外形，二流的裝修，三流的演出"，反過來，內容功能倒還實在，但外表卻不能恭維的，這種東西也不少。你去看看近年來建的橋樑，亞洲的許多著名河道上如今都架著幾座，甚至十幾座橋樑，大大提高了運輸能力，促進了經濟發展。但這些橋在外型上常常千篇一律，沒有像金門大橋那樣給人以一種美感。

外形的美與內在的惠確實很難統一，為甚麼呢？我的思考是這樣的。外在的美以感覺為主，而內在的惠以理性思維為主。就像我們看到任何一件藝術品，突然感到眼前一亮，喜歡上它了，那全是感覺，與理性思維無關。有朋友曾問我王羲之的《蘭亭集序》為甚麼世世代代受那麼多人喜歡，它究竟好在哪裡？我也説不出來。因為喜歡，主要是憑感覺的，沒有甚麼理由可講。

所以説，在這個世界裡，外在的美與內在的惠很難做到統一。我一方面愈想愈感到草原上的黃花菜的神奇，另一方面愈想愈覺得藝術與科學技術結合的重要性。

晚上在蒙古包裡吃大餐 —— 全羊宴。這裡的羊肉真好吃，我從未吃過這樣鮮嫩多汁的羊肉。然而，最受歡迎的卻是黃花菜，新鮮採摘而來，再配一些肉絲烹飪，它既有蔬菜的味道，但比蔬菜鮮嫩；又有蘑菇的味道，但比蘑菇有質感。

草原上的黃花菜，它是這麼美味可口，以至於人們忘記了它原來還可以這麼美麗。它又是如此美麗，以至於人們會懷疑它原是這樣美味可口。人也是如此，我們學校有的同學彈得一手好琴，以至於人們忘記了她還是一位數學高手。有的同學在競賽中顯得冰雪聰明，以至於人們懷疑他們俊朗美麗的形象是否是真的。

對美的薰陶是學校教育的重要一環，不幸的是這部分的教育常常為人所忽略。美是一種潛移默化的薰陶，是需要培養的。尤其在年輕的時候受到美的薰陶，人們才能在成年後的行為中體現出整體的美感。一個建築工程師，如果沒有對美的感知，他所設計的橋樑當然只能是一條貫穿大河兩端的水泥路面。

我們強調美的教育，並不是要忽視"真"、"善"和其他方面的教育。事實上，學校教育是一個整體，我們今天上數學課並不是要求每個學生今後都去做數學家，同樣，我們今天請校外藝術家駐校，讓同學們學習音樂和美術，並不是要求我們的學生今後都成為藝術家。我們是希望無論學生今後從事甚麼工作，他們都有廣博的胸襟，豐富的心靈，深厚的學養和平衡的心態來處事待人。我們是希望通過美的教育使我們的學生成為一個熱愛生活的人，能夠享受人生的樂趣，能夠珍惜生活中碰到的哪怕最簡單樸素的事物。

這裡我不禁又想到了蘇東坡，這位才華橫溢，幾乎在所有領域都貢獻卓著的古人。你看，書法上的"蘇黃米蔡"，他排第一。在繪畫上的"蘇米"，他列於米芾之前。散文上的唐宋八大家，他們父子佔了三人。詩詞更不用說，網絡上唐宋詩人的排名，他是僅次於杜甫的引用率最高的詩人。詞人而言，人稱"蘇辛"，他列於辛棄疾之上。然而我想要說的不是這些，我想說的是，他即便在潦倒落魄，帶著家人顛沛流離的時候，居然還在黃州發明了"東坡肉"，這道一直流傳至今的菜餚。在我看來，蘇東坡的偉大之處就在於他對人生的熱愛。而這種熱愛，如果沒有對美的感動和對世間人情物理的理解，是不可能的。

說到蘇東坡，我不由得記起小時候家裡常做的東坡肘子，下面放的正是黃花菜。是的，就是那個兼有美麗與實用的黃花菜。

草原上的黃花菜很美，
美得很自然。自然的美，其實是美的最高境界。

一個沒擠上火車的人

那是十幾年前的一個冬天，我從香港趕到深圳，準備與一位內地來的朋友吃晚飯。不料這位朋友的飛機誤點了三個多小時，此時尚未起飛，只好改為第二天早上的航班。而我卻已經出海關到了羅湖。那個傍晚很冷，可能是快過年了，街邊的小店裡都掛著很多紅色的春聯、南北貨、糖果袋等等，臨近火車站，熙熙攘攘，我好不容易找到一塊人少一點的地方歇腳。

感覺肚子有點餓，我想不如隨便吃個晚餐。於是，走進一家小飯館，裡面已經滿了，只好坐在臨街邊露天的一個圓桌上。坐下後點了兩個菜，還沒開始吃，服務員跑過來對我說："不好意思，這位客人能不能與你拼桌子？"我說："當然可以。"一個大圓桌，我一個人坐在那裡，空蕩蕩的，有個人來坐也無妨。

來人是一位三十幾歲的男子，清瘦，一看就知道是個民工，兩大包行李放在桌旁，把我腳的位置都幾乎佔沒了。他連聲說"對不住"，坐下後我隨便問道："你是去趕回家的火車吧？"他沉默了一陣，那眉頭深鎖的臉開始激動起來，聲音從低到高，中間夾著不少罵人的話。大意是：他是個河南人，在這裡打工已經十幾年了，這兩年找了個本地人結婚了，生了一個兒子，今年是三人第一次一起回河南老家過年，二老都沒見過他媳婦和小孩，他們三人是前天來深圳買火車票，不料，前兩天怎麼也買不到票，試了很多方法，找了很多門道都沒有用，最後還是沒有買到車票。今天一早，一個票販子找到了他們，說能幫助他們買票，他想想在寒冷的火車站廣場過夜的滋味，尤其看在孩子太小，他趕忙說"行"，決定買高價票，半小時後，那位票販子還真的搞來一張票，他們喜出望外，以為這下可以坐下午晚一點的火車走了。不料，票販子再也搞不來第二張車票了。火車馬上就要開了，怎麼辦呢？他們只好決定讓媳婦帶著小孩先用這張票上火車了。

他就這樣留了下來！他是一個沒擠上火車的人！

他一邊說，一邊喝啤酒，看那個樣子是蠻痛苦的。幾年沒回家了，本想這次回家看看家裡，父母都老了，媳婦從來沒見過他們家的人，孩子又太小，媳婦一個人在路上要轉幾個站，不知能否搞得清楚。我也不知道如何安慰他，只是建議他，不如多打打電話。那時的手機沒有像現在這樣普及，他說他有一個破手機，已經給他媳婦了，他這裡要打電話就得跑到電話亭裡去打。

雖說很同情他，但也幫不了他甚麼。他說，今天晚上可能又要到火車站去過夜了。我忽然想到，我那位朋友今晚飛不到了，不如讓他住我朋友那個房間。於是我打電話給朋友，幫他們聯繫上，張羅好此事之後我就過羅湖海關回香港，打算明早再來見我那位朋友，如果他明天早上能起飛的話。

坐在香港的廣九鐵路上，我的思緒還在那位沒擠上火車的老兄身上，這位老兄是蠻慘的，明天不知能不能擠上火車，看他的那個樣子，好像希望不大。說到"擠火車"，其實每個人都可能會有這種經歷。人這一輩子，從大的講，都是在趕火車，有時擠上了，有時擠不上，你不可能每趟火車都擠上，也不可能每趟火車都擠不上。考試、上學、升級、加薪，統統都是如此，不是嗎？擠上了，歡天喜地，興高采烈。一旦沒擠上，埋怨委屈，沮喪悲哀。

這個世界充滿著不確定性，人多，機會少，競爭激烈，凡事必須"擠"。從小學到大學，這十來年的學習過程，實際上就是一個"擠"的過程，畢業後，你以為可以輕鬆了，其實更"擠"了。人這一生，説到底就是一個一直在"擠"的過程。想想我自己，當年高中畢業後去下鄉，那時所有的知識青年都夢想有一天能"擠"回城裡。我在村裡經歷了三次這樣的過程，第一次返城支工，我"擠"不上。第二次是參軍，我也"擠"不上。第三次是"考大學"，這趟車來得出乎意料，"擠"得很有喜劇色彩，所以我不妨把它敍述一下。

1977 年，中央確定恢復高考，所有在文革期間的中學畢業生（1966—1977 十一年的初高中畢業生）都可以參加。我半信半疑來到所在的公社機關，幹部説消息基本是對的，但對我的情況，要有兩年以上的農村經歷。我申明了雖然我戶口遷入農村兩年還差幾個月，但事實我已在這裡工作了兩年以上了。幾經爭取，那幹部給我開了個證明，説："你自己去碰碰運氣吧！"

大概過了兩個星期，粉碎四人幫後的第一次高考就開始了。我懷疑我能否參加考試，更懷疑光憑考試就能錄取大學生。我一天都沒有複習，其實即使複習，也不知複習甚麼，因為連考甚麼科目也不清楚，況且只有兩個星期。好在我在村裡幾乎每天晚上都讀書，那時候我甚麼書都讀，凡是有文字的東西都讀，有哲學、歷史、文學、宗教、邏輯、地理方面的書，也有電工、拖拉機、數學、植物保護方面的書，有《魯迅全集》，也有馬克思的《資本論》……那個時候是我一生中讀書最多的一段時光，也是我最為快樂的一段時光。

考試那天，我帶著公社證明去了考點，那是離我不遠的一家鄉村中學，有五十幾個教室，每個教室大概至少有四、五十人。各鄉來參加考試的，人山人海紛紛來到考場。一到門口，帶紅袖章的民兵模樣的人擋住我，給他看了公社證明後，似乎還不能說服他。這時，一位來監考的老師過來門口，他看了我的證明就對那位管門的人說：「就讓他進去吧，今天來這麼多人，估計沒一個能考上的，你就都放他們進去吧。」就這樣，他就放我進去了！

考試進行了三天，每半天一次，總共六次。每個人都考得很差，不少人交了白卷。到第三天，來考的人少了很多，整個考場冷清清的，不像第一天像趕集的樣子。我自己也整天糊裡糊塗，有很多題目也不知道怎麼答。

又過了一個月，公社裡通知，每個參加考試的人都要去填寫大學志願。我想，這倒奇了！還問你要去哪個大學？世界上居然有這樣的好事？讓我去哪兒都很好啊，只要有書讀，甚麼地方都行！等我到公社時，那裡已有很多人了，人家都不信這是真的。我就隨手拿來一份當地的報紙，把列在那裡的第一、第二和第三個學校填入了自己的第一、二、三志願。我後邊的一群農友們看到了，對我說："乾脆你幫大夥填好算了，我們自己寫上姓名號碼。"就這樣，我就幫他們填，胡亂地填，每張表格上也會變動一下。不是為甚麼，只是覺得這樣交上去會看起來好一點，很像抄別人作業時會稍稍改動一下，如果完全一樣，怕老師發現，會看得出來。

大概已到冬天了，有個朋友告訴我，"你可能已經考上了！"我第二天就去縣城，城裡人都在議論此事，他們告訴我，縣裡百貨商店大樓的牆壁上貼著名單。等我到了百貨大樓時，天已傍晚，又下著滂沱大雨，我在雨中看到有幾張很大的大字報貼在牆上，因為下雨，上面部分的紙張已經脫落，捲著掛下來了。急急地找著我的名字，沒有找到，心想，大概人家搞錯了。第二天，路上碰到一位鄰居，他說他親眼看見我的名字，在第一行的。我又跑回去看，還是沒有找到我的名字。但大字報的上邊捲著，那掛下來的部分甚麼也看不到，如果我的名字是在第一行，那可能是看不到的。所以我始終沒在榜上看見我的名字。

三天後，縣裡有人打電話通知我，說是被第一志願錄取了。當我知道這是真的消息時，我第一想到的不是自己，而是，這下糟糕了！我幫那批農友所填的志願都是連我自己都不知道的學校！後來才知道，那批人中沒有一個人考上，所以填對填錯都不重要了。

我就是這麼"擠"上大學這趟列車的。

人的一生其實沒有成功與失敗，只有"擠"上還是"擠不上"火車之別。這個世界無論生活還是工作，其實都是在趕火車，有時擠上了，有時沒擠上。

高考上大學、參加比賽、找到好工作、升級加薪都是擠火車，甚至交到一位好朋友，買到一間合適的房子，也是擠火車。當我們擠上了，慶幸之餘，應感激那些幫我們，"托"我們擠上火車的人，不應自負。我們今天擠上了，明天還可能有擠不上的時候，擠上了，還有下車的時候。如果有可能儘量去拉一把沒有擠上火車的兄弟，就像那些曾幫助我們擠上火車的人。

當我們沒有擠上火車的時候，我們也不妨坐一坐，歇一歇，對自己說，還會有下一列火車的，自尊自重，只要我們的夢想還活著，只要有足夠的勇氣和毅力，我們一定有擠上火車的那一天。

人的一生都是在擠火車，人們常常在意一次擠火車的成功與否，而對擠一輩子火車這件事準備不足。然而，擠火車是一輩子的事業，我們每天都將在路上，在火車上，都在跟著呼嘯的列車前行。

第一八篇　一個沒擠上火車的人

人的一生其實沒有

成功與失敗，只有"擠上"還是"擠不上"火車之別。這個

世界無論生活還是工作，其實都是在趕火車，有時擠上了，

有時沒擠上。

冬日的太陽

只有到了冬天，才能真正感到太陽的溫暖。

在寒冷的冬夜裡，睡覺是最辛苦的。那年我在下鄉，冰封
的村莊，冷風颳在臉上很痛，冬天特別長，厚厚的雪壓在
我那孤獨的小屋上，四面的門窗縫裡吹著勁風，整個房子
像一架破風琴。每天晚上第一件事是用報紙糊住門縫窗縫，
再把棉被的那端用繩子捆住，穿上厚厚的襪子，脖上圍上
毛巾。即便這樣，晚上還是要被凍醒好多次。

那時，最渴望的是冬天裡早晨的太陽。一看到有太陽，那
個高興是無法用言語來形容的，趕緊吃完早飯，去太陽照
得到的牆角邊，站在那裡，那兒常常已有很多人站著，等
候生產隊隊長分配當天的農活。

很多人可能不知道，冬天裡看到太陽的感覺，一開始很刺眼，骨頭裡會輕輕地發痛，然後是暖洋洋的。我站在那裡，看著太陽，看著那灑滿金光的樹葉和被陽光照亮的冰封的河道，心裡想說，上天啊，你只要給我太陽，讓我做甚麼都行。哪怕現在讓我去死，我的臉上也會有微笑的。

只有經過寒冬的人，才會真正珍惜太陽。

那是我住在村裡的最後一天，奇冷，因為路上積冰，很滑，從城裡走到鄉下花了十幾個小時，到村裡時已是黃昏時分，天幾乎全黑了。我推開自己住的小屋門，拉亮電燈，不禁大吃一驚，滿屋的地上坐的都是人，每人手上都拿著一些東西。原來，他們都知道我剛剛收到通知，考上了大學，要離開村莊，他們是來送我的。有的手上拿著剝好的毛豆、繡花的枕頭套、布鞋等等，有的帶來了扁擔、塑料包，以便搬運。平時愛說愛鬧的小夥伴們，這會沉默得可怕。就這樣，大家在沉默中坐了一會兒，再一起安靜地幫我整理行李，想到我可能再也不會回到這間小屋了，心裡不禁懷念起這段淒清而熱鬧的日子。

那晚，風雪交加，冷得連屋裡的水缸也積冰。我躺在床上一直睡不著覺，不是冷得睡不著，是熱得睡不著！

想到我要離開這些患難中的夥伴，想到苦難深重的村民，我睡不著。想到我終於熬過了黑夜，將要看到光明！終於可以開始有書讀的生活了！自己的夢想快要實現了！我睡不著。

那個激動，那個憧憬，那個夢想，像火一樣在燃燒，一點也不感到寒冷。

從那時起，我就深信，我們心中的夢想，會化作我們靈魂深處的激情，就像冬日的太陽，它像火，會驅走所有的寒冷，它是我們漫長人生道路上前進的唯一動力。

我曾經聽過這樣一個故事。講故事的人是位出生在浙江的老人，他小時候住在浙北的一個鄉村裡，常常見到一位比他年長四、五歲的小和尚，總是站在村口的小路口，背著一個灰色布袋，對過來的人講，他想在村後的山坡上建一座寺廟，過路人都不把他的話當回事，覺得這個孩子怪可憐的，那就給他一分錢吧，所有人都懷疑他，這麼一個小孩能做成甚麼大事？很多夜裡，他都在村口看到有一盞小燈，那是小和尚手執的風雨燈，一邊為行人照明，一邊化緣，當時他想這個小和尚挺可憐的。

過了十幾年，這位朋友已經成了一位大學生，他讀的是地質學，所以需要到處去野外山地勘察地貌地質，有一次，他正好來到他家鄉附近的山區，走著走著，他發現一處建築工地，地基已經打好了，工程停在那裡。再一看發現工地角落站著一個出家人，他走去一看，發現那人正是童年時他經常遇到的村口的那個小和尚。小和尚已經20來歲了，遇見他十分欣喜，對他講這些年來，他把這寺廟規劃籌建起來，現在基礎已經打好了，當然還是缺錢。這位朋友聽了非常吃驚，這麼一個小孩十來年下來，靠在村口這麼求爺爺、告奶奶佈施這點錢，還真的建起了這個寺廟的基礎，他非常感慨，當然，還是不相信他能真正建起這間寺廟。

又過了大概十來年，這位朋友已經從一位大學生變成了一個很成功的中年人士。他衣錦還鄉，一到村裡，就看到村後的山上有一處雄偉的寺廟，金碧輝煌。他連忙詢問，村民們告訴他講，就是村口的那個小和尚積的德，把這個寺廟終於建起來了。他簡直不敢相信自己的耳朵和眼睛，這麼一個弱小的小師父居然能完成這麼一件宏大的事業。

我聽了這個故事也很感動。是的，如果是我碰到村口這個小師父的話，也不會相信他竟然能完成這麼一件大事的。人對一天所能做的事常常過於樂觀，而對一生所能做的事常常過於悲觀。關鍵的是你要堅持自己的理想，永不言棄地堅持下去，這一生還說不準真的能夠完成一些常人以為不可能辦成的大事。而之所以你能堅持，就是因為你心裡有夢想。

這個故事告訴我們夢想是何等重要，有了這個夢想，縱然千辛萬苦，也會無比幸福。為甚麼夢想有那麼重要呢？因為只有夢想，才能使你久久地傾注你的所有精力，從而滴水穿石。你才會在失敗時依然堅持你的夢想，最終實現你的夢想。相反，如果沒有夢想，你不會全力以赴，無法集中精力，即使你有多麼聰明，多麼能幹，多麼勤奮，最後還是與成功失之交臂。

我們今天的時代，不缺財富，不缺奢華，不缺安逸，但缺有夢的人。沒有夢想，多少財富也帶你走不了太遠！反之，它會使本來應該奮鬥的，年紀輕輕的你去選擇安逸。

你心中的夢，就是太陽。有了這個太陽，你就永遠年輕。你的夢想與現實相距越遠，你就越年輕。

太陽，那個冬天的太陽，只有她才能使我們像遠方的風那樣，比遠方走得更遠。

你心中的夢,

就是太陽。有了這個太陽,你就永遠年輕。你的夢想與

現實相距越遠,你就越年輕。

神算王先生

舊曆過年時，在我們老家，人們常常會去算個命，卜一下
當年的運程。王先生是我家鄉的一位算命先生，因為他是
個盲人，所以人們也叫他"王瞎子"。王先生身材微胖，
穿一身淡灰長衫，手持一竹竿，竹竿的頭部有個橡皮蓋，
整天穿街走巷。他聲音極為洪亮，如一口低沉的古鐘，常
常人們還沒見到他的身影，就已經聽到他的聲音。王瞎子
有時會戴一副墨鏡，有時卻不戴。他的記性特別好，一聽
到誰家小孩子的聲音，他就叫得出名字，所以大家都很喜
歡他。

小時候我常在我老家台門口附近看到王瞎子。記得有一次，
正值文革期間，我的表哥很快要去新疆支邊，那時候每戶
人家都在動亂中過日子，聽說表哥要去支邊，大家也都感

到很是擔憂。遠遠地聽到王瞎子的聲音，表哥和王瞎子熟，就趕緊叫王先生過來坐坐。於是，王瞎子就過來，坐在我家那把舊竹椅上，他一開口說話，那把椅子就會吱吱作響，不知是因為他的體重，還是因為他洪亮的聲音。

寒暄幾句後，他對表哥說，你要朝西北方向走，越西北越好！我們心想，奇了！新疆不就是全國最西北的地方了！後來他又講了很多，我也不記得了，只記得他最後用一首古詩結尾，我也不是很清楚那首古詩的意思，大概知道是講雖勞雖苦但有機會，男子漢要跑碼頭，要志向遠大等等。於是，大家就有說有笑起來，一掃剛才悲涼憂慮的氣氛。

另有一次，我放學回家，在離老家台門不遠的一個小街口遇到王瞎子，他周圍圍著一大堆大人小孩，竹椅上坐著一位大肚子的孕婦，她丈夫前不久在煤礦裡被壓死了，所以這孕婦臉上灰沉沉的，沒有半點要做母親的喜氣。王瞎子坐下一邊算，一邊仰著看天，那樣子像是在與上天對話。一會兒，他開始慢慢說道，你要生下來的可是個貴子啊！以後能做個部長級的大官，光宗耀祖。他尚未出世，就已經把命裡的坎坷之數都經歷了，所以今後他會一路發達，光耀門楣。聽著聽著，那孕婦臉上的愁雲漸漸散去，露出些光彩了。這時，鄰居端來一杯熱茶，王瞎子又唸了一首古詩，聲音洪亮有力。他常常用一首古詩來作結，我不知道這首詩是他以前記得現在借來比喻此命理，還是他現場作的一首詩。這一次他想說的是這位婦女前半生命苦，但積德好，將得貴子，苦盡甘來。初冬寒冷的黃昏，因他這一席話頓時也生了不少暖意。

我大概十五六歲的時候，高中畢業了，當時正值文革後期，好像沒有別的出路，只好準備下鄉去了。那天傍晚在台門口看書，有點心不在焉，一個在城裡長大的孩子，突然間要去鄉下務農，與農民一起生活、幹農活，不論是我自己，還是家裡人心中都頗為憂慮。正好這天王瞎子來了，祖母就趕忙叫王瞎子過來給我算算命。

這是我這輩子第一次算命，覺得挺好玩的。王瞎子坐下後，慢慢道來：「這孩子文曲星坐命，讀書好，將來會從事學術工作。時下這陣子雖然坎坷，但終會見到光明，前途無量。」一席話說得祖母心花怒放，連聲道謝。我則是半信半疑，說我讀書好，我那時也沒感到特別高興。那時我很想參軍支工，如果他說我甚麼時候能去參軍支工，我可能會更高興一點。但畢竟，他講的話把我指向遠處，讓我想到未來，使我暫時感覺不錯。

王瞎子說話一板一眼，不快不慢，莊嚴洪亮，像上帝在唸判詞一樣，不容置疑。同時，他的話又親切和善，有時也不乏幽默，讓聽者忽而嚴肅緊張，忽而開懷大笑。總之，他的行為舉止和談吐極像一位來自天上的使者，嚴肅中有和善，莊重裡帶親切。大家都很喜歡他，尤其是小孩們遠遠地聽到他的聲音，就歡樂地大嚷："王瞎子來了！王瞎子來了！"大人們連忙嗔怪說："要叫王先生，叫王先生。"但其實他們背後也都這麼叫他。

我下鄉以後，很少回到城裡，也就很少見到他。再後來聽人說他被紅衛兵抓起來了，又有人說他被搞死了。於是，鄰居們都在議論，如果王瞎子算命真有那麼神，那他自己的命怎麼算不準？如果能算，他怎麼不在紅衛兵來抓他前就逃掉呢？看來還不是神算。那時我也這麼想，這王瞎子怎麼算人家這麼神，算自己怎麼就算不準了呢？想來或許王瞎子以前都是騙我們的。

但話是這麼說，大家還是記著王瞎子的好處，還是記著王瞎子給我們帶來的歡樂，還是期待以後能再看到王瞎子。王瞎子講過，人與人之間靠的是緣分，認識是因為緣來了，離開是因為緣盡了，我們還是希望與王瞎子的緣沒有盡。

然而，這以後人們再也沒有見到過王瞎子！

算命，這事挺好玩，好像自古以來都有，農村有，城市也有，中國有，外國也有。人們為甚麼喜歡算命呢？根源還是世界的不確定性。以前人們講，因為科學不夠發達，所以世界充滿了不確定性。我看這幾百年的科學發展，一點也沒有增加這個世界的確定性。因為世界的不確定性，人們就想方設法，試圖來預測和估計未來，從而產生了概率論與統計學等一大堆科學，而這些方法大都只對非常大的群體作一些粗略的估計，而對某一個人而言，一生所發生的事基本上都是小概率事件，比如說，任何一個人的出生本身就是微乎其微的小概率事件。不確定的世界就像一團漆黑的夜，算命就像一根拐杖，或者是一盞微弱的燈，使你在黑暗裡有所依靠。

我在美國讀書時有一位朋友，他的親戚是在西部炒股票的，那老兄每年過年的時候都要去紐約唐人街找一位算命先生，卜一下當年的運程。我們常常在紐約碰到他，他很熱情，總是請我們吃飯。於是我們常常問他，那算命的準不準，他的回答很乾脆，"不準"。"他算不準，那你為甚麼還每年要過去算一次呢？"他總是笑而不答，有時會含糊地解釋一番，有時會說那算命先生會提醒他注意甚麼，節制甚麼，看上去他還是蠻喜歡聽這位算命先生講的。

我想他雖然覺得那算命先生不準，但他還是想買個希望，買個忠告。算命，至少有兩方面的正面效應：一方面，它使人們能敬天畏地。承認人的渺小，本身是一種智慧，多一份對天地的敬畏，就會少一份憑自己的一己之見而孤注一擲的可能。另一方面，它使放縱的人們有所節制。科技愈發達，世界對人的自我節制的要求就愈高，而科技的發展總是走在前面，人的節制自己的能力總是走在後面，總是跟不上，近年來的許多社會問題的根源就在這裡。

人的一生走來，有時高，有時低。人們喜歡算命的王先生，其實也並不全在於他有多神，而在於他在你走高時給你帶來心安，在你走低時給你帶來希望，在於他給你帶來對天地的敬畏和對放縱的告誡。

其實，話說回來，人常說"三分天命，七分人為"，如果你能時時慎獨，處處惜福。心有感恩，即使在不值得感恩的地方，尚能發現感恩之處。樂於施捨，即使在自己無法施捨的地方，尚能發現施捨之處。我想你的命大概也不會差到哪裡去。

承認人的渺小，

本身是一種智慧，多一份對天地的敬畏，就會少一份憑自己

的一己之見而孤注一擲的可能。

粥

那是一個寒冷的冬天，我下鄉到村裡已經幾個月了，生產隊有一批剛出生的小豬，需要人照料，因為找不到其他村民幫忙，隊長就把這個任務分配給我了。我一到茅草壘成的豬圈裡，就看到十一隻白白胖胖的小豬，它們只有手掌的一半那麼大，像個肉球一樣，拿在手裡，既覺得十分可愛，又讓人膽戰心驚，因為我從來沒有碰到過這樣小的動物，也不知道該如何照料它們。

天實在太冷了，茅屋裡幾乎與外邊一般冷，屋裡的水都結了冰，地上還有從屋頂漏下來的積雪。看著擠在一起瑟瑟發抖的小豬，我也不知該如何是好，只好從宿舍裡取來一條舊棉被，把它們裹在裡面。

第二天一早，我去看小豬，棉被掀開，發現有五隻小豬，閉著眼睛，一動不動。"死了？"我不禁慌張起來，推推它們，還是不動，身上冷冰冰的，沒有一點溫度，另外六隻也差不多，只是好像還能動彈一下。不過，情況是很清楚的，不趕緊救它們的話，估計剩下的幾隻也差不多要死了！

那天我必須去公社開會，走了一個多小時才到會場，時間尚早，主持會議的是一位老幹部，腰上繫著粗麻繩，把很大很厚的棉衣裹得緊緊的。我心裡惦記著小豬，想著他年紀大，經驗足，或許知道應該怎麼救小豬。誰知道，我話還沒說完，他就說："你不要開會了，趕緊回去，去煮一鍋粥，稍稍涼一下，餵給小豬吃，吃了就會活過來的。"

我一聽這個辦法能救小豬，就立馬趕回村裡，找到 L 師母。L 師母是村裡一直照顧我的人，我經常到她家裡去吃飯，雖然不住在他們家，但很像是我的寄宿家庭（Host Family）。L 師母很瘦弱，個子較高，臉很黑，雖然年紀不大，但生活的風霜已使她的頭髮泛白了。有一次她到我城裡的老家走動，我妹妹說，看到了她，就像看到了魯迅《故鄉》裡的祥林嫂。

L 師母立即幫我燒了一鍋粥，我倆把粥一口一口餵給小豬吃，不到半小時，奇跡發生了！那幾隻昏睡得快要死去的小豬居然活了過來！我激動得幾乎要流眼淚了。從那時開始，我對粥就有一種崇敬感。粥，不僅是食物，還能救命！

粥，有一股柔弱的力量！它的力量體現在柔弱裡，因為柔弱，人們容易接受，能量容易傳遞，尤其對虛弱的病患更是如此，無論是人，還是動物。

又過了一陣，有一天我在田裡鋤地時，一不小心把鋤頭鋤到了自己的左腳上，立即出了不少血。那時很愛面子，怕給農民看見了笑話，鋤田鋤不好，倒那麼容易受傷。所以，我把腳埋在泥土裡，企圖用泥土把傷口的血止住。後來可能還真的止住了，不過腳還是痛，可能在土裡也流了不少血吧。等天快黑了，隊長一聲口哨放農友們回村時，我整個人渾身上下一點力氣也沒有，情緒極其低落。當所有人都陸陸續續地往村裡走去，我卻還一個人坐在小土坡邊上，不想動。

我感到精神極其苦痛，前方看不到一點希望。我一個人坐在那裡，看著太陽一點點地從對面的山上落下來，覺得人活在這個世界上真是一點意思都沒有。那個時候如果前面有一條河，我都有可能會跳下去。

坐了一會兒，L師母挑著一擔東西過來了。打聲招呼後，她一把把我帶起來，"跟我回家去！"她像趕鴨子一樣，把我趕著往前走。

L師母平時話不多，但那天在路上，她講了很多話，我還從來沒有聽到過她講這麼多話。她說她的兒子對她講，我教他數學教得可好哪！老師都説他數學提高得很快。我知道她是想説我的好話，因為她兒子的數學糟糕透了，我用了一個晚上教他分式計算，到最後我問他 1/2 +1/3 等於多少，他還說 2/5……她又説我幫某某家裡寫的對聯實在太好了，那家結婚時因為有我寫的對子，排場了很多……她是為了逗我開心吧，一路上，她講了很多很多。

快到村口了，她家的黑狗走在前面，我在中間，她在後面，她背上挑著一擔東西，手上拿一支竹竿，嘴裡不時地叫著"走"、"走"，像是在趕狗，也像是在趕我。村口的一位大爺對我們笑著説："你把兩隻狗趕回來了。"我卻笑不出來。

到了她們家，煤油燈下，桌上已圍坐著不少人，包括她的兩個兒子和其他鄰居親戚。我在角落裡坐下，大夥都在講些村裡的事。一會兒，L師母從屋裡端出一大碗粥，今天是菜粥，以往有時是蘿蔔粥，有時是紅薯粥，很少有白粥，因為那樣需要更多的大米，而在當時大米是很稀缺的。她把粥一碗碗地端給人，最後端給我一碗。

我在黑暗的角落裡開始吃這碗粥。吃著吃著我發覺今天的粥有點異樣，再用筷子從碗底一撈，不禁大吃一驚，我發覺有一大塊肉在底下，"今天粥裡有肉啊！"我大聲叫起來，興奮得不得了。所有人都吃了一驚，"今天會有這麼好的事？！"但是，緊跟著，所有人都失望了，他們的碗底並沒有肉。所有人的眼光都盯著我，惡狠狠地，那意思很明白，"憑甚麼你有肉，而我們沒有肉！"

我突然明白了，我闖了一場大禍！L師母是對我好，我不該把她給出賣了呀！我感到無地自容，真想鑽到桌子底下去。

這是一碗我一輩子都忘不了的粥。我一生可能吃過很多好的，珍貴的東西，但都沒有像吃那碗粥那樣的味道。

有時候想來，粥，就像我們患難中的朋友。我們在風光的時候，慶賀的時候，哪會想到粥，我們只會想到山珍海味，會想到花天酒地。只有當我們生病的時候，苦痛的時候，我們才會想到粥。所以，粥，是我們的患難之交。

同理，我們患難中的朋友就像我們生活中的粥。人生難免崎嶇，患難中的友誼會使我們在崎嶇中看到希望，在灰暗裡見到光明。在我們失落時，挫敗時，之所以能挺著走過來，有時候靠的就是這股柔弱的力量。患難之交是我們生命的粥！

那晚吃完粥後，L師母從裡屋出來，沒說甚麼，靜靜地把所有人的碗收起來，放在竹籃裡，拿到屋前的河邊去洗。我曾經問過她，為甚麼她總是要去河邊洗碗，有時候下雪天，她也總是堅持要把飯碗拿到河去洗。她對我說：“我們已經吃過飯了，可是河裡的魚蝦還沒有吃過，把飯碗洗了，也讓它們吃一點……”

我跟著她走出了屋子，本想去幫她洗碗，但想來她也是不會讓我幫她洗的。我站在河岸上看著她洗碗，那天的月亮很大，白色的月光照在河面的浮冰上，也照到她瘦弱的身子上。

人生難免崎嶇，

患難中的友誼會使我們在崎嶇中看到希望，在灰暗裡

見到光明。在我們失落時，挫敗時，之所以能挺著走

過來，有時候靠的就是這股柔弱的力量。

燕子歸來時

神仙嶺的春天來得格外地早，我窗外的山坡上已是漫山遍野的山花。"燕子歸來寒食雨，春風開遍野棠花。"忽然想起，這是燕子歸來的時節了。南下的燕子每年都會在這個時候返回我兒時老家台門的那片屋簷下。

小學快畢業時，我生了一場大病，從不曠課的我，因為那場病，兩個多月沒去學校上課。那段時間裡，所有人都在忙著搞文化大革命，家中只有我的祖母，裡裡外外忙著家裡的許多雜務，所以，常常整整一天就只有我一個人在家。

我常常斜躺在台門口堂前的一把藤椅上，兩眼看著天花板發呆。久而久之，我發現了一件特別好玩的事，那就是有燕子在台門屋簷的樑上築巢！先是來了一隻燕子，開始一點一點地築巢，說來也奇怪，我從來沒看見她進來時帶著甚麼東西，怎麼會幾天後就築成了一個完整的鳥巢呢？那可要很多「建築材料」的呀！再過一陣子，巢裡就有蛋了，在下面可以隱約地看到它們被安放在溫暖的巢穴中。那個時候，燕子看起來好像很疲勞的樣子，飛得少了，叫得也少了，整天睡在那裡。

不久，小燕子就一隻一隻地破殼出生了，總共也不過兩三天，整個屋樑上就充滿生機，熱鬧起來了，四隻小燕子就這麼出生了。在那個時候，母燕就開始往外飛了。每天上午，母燕出去之前，好像要開一個歡送會一樣，嘰嘰喳喳叫個不停，估計是小燕捨不得她走，母燕則在叮囑小燕在她不在時要照顧好自己。然後，母燕就飛到大概幾米之外的地方，停一停，回看一下小燕子，就這樣，漸行漸遠地飛走了。

最好玩的是下午四點的光景，母燕回來了，那幾隻小燕激動歡樂的樣子，真的就如小孩見到母親那般。最讓人感動的是母燕把嘴裡含著的食物一個一個地分哺給小燕的情景，每隻小燕都被母燕悉心哺育，沒有偏愛，也不會錯漏任何一隻。我那時候常常為它們擔心，如果母燕把帶回的食物給前兩隻小燕吃光了，後面兩隻沒東西吃了可怎麼辦呢？所以我總是格外認真地關注著，一整個春天過去了，我所擔心的事情從未發生，看來母愛天生就是公平的。

我常常問祖母許多問題，例如，這燕子怎麼知道方向，能夠從十萬八千里的遠方飛回來呢？家裡這麼多地方，它為甚麼選在這個地方來築巢呢？母燕每天外出覓食，要是有一天找不到食物，那些小燕子該怎麼辦呢？祖母當然也答不出來，或是答非所問，但我還是問她，這燕子是不是去年從我們家飛走的那一隻燕子呢？她在外面會不會死掉呢？祖母還是說不清楚，只是含糊地回答我說："燕子是知道回來的，人也是知道回來的。"

有一天，鄰居家的一個比較頑皮的小孩，架了梯子爬上去，把兩隻小燕子捧了下來。他拿來給我看，我叫他立刻給放回去，但他可能放回去了一隻，將另一隻留在了自己的小書桌上。傍晚，母燕回來了，當她發現少了一隻小燕子時，她急促地叫著，來來回回，轉來轉去地尋找，那聲音讓人聽了怪難受的。直到第二天，那個小孩才把另外一隻小燕子放回去。下午，母燕回來了，失而復得的喜悅使燕子一家更加親熱了，陽光灑在天井裡的枇杷樹上，樹上不知何時來了好些個燕子，彷彿是來開 Party 慶賀的樣子，好生熱鬧。

那時母親的工作很忙，全家人每天傍晚都等著她回家吃飯。她下班總比人家晚一點，我們幾個兄妹常常在路口或在她回家的路上，去等她回來，即使是最寒冷的冬天，我們也要等她回家一起吃飯。把母親接到家，一家人圍坐在圓桌上，晚飯開始了，這是我們全家一天中最開心的時光。母親常常會在下班的路上去附近一家餐館，打包一盤菜，通常是糖醋排骨，這道糖醋排骨，又甜又脆又香，再加上在那個特殊年代裡來之不易，是我們那時候最喜歡吃的菜了。在很長一段時間裡，我總覺得這世界上再沒有比糖醋排骨更好吃的東西了。那家餐館燒菜的師傅與母親熟，他給菜的份量特別大，母親常常是用一隻大的白色搪瓷杯子，滿滿地盛一杯糖醋排骨回來。晚餐時，母親就一塊一塊地把排骨夾到我們每一個人的碗裡。

那時候，父母每天晚上都要去單位開會，直到十來點鐘才能回家。父親要開的會更多，回來的也就更晚，常常回來時，我們幾個小孩都已在床上看書，父親總是走到每一個人床前，笑眯眯地說幾句話，然後遞過來一顆糖。糖雖是一般的硬糖，但那個感覺很好。久而久之，我們兄妹幾個似乎每天晚上都在等著父親的那顆糖，好像沒有那顆糖就不能睡覺似的，故母親戲稱之為“夜明糖”。有一次，父親回家特別晚，我問他：“今天怎麼這麼晚才回來？”他說他忘了買糖，只好又回到橋頭的小店裡去買，然後才回家。我不知道為甚麼父親每天都給我們一顆糖吃，雖然這顆糖在當時也非甚麼稀奇的東西，但給我童稚的心靈裡留下了極為甜蜜的記憶。

現在回想起來，母親晚飯時盛給我們每個孩子的糖醋排骨和父親每天晚上睡覺前給我們兄妹分糖的情景與屋樑上的母燕一隻隻地哺育小燕的景象沒有兩樣。憐子之情，人畜皆有。

"羊有跪乳之恩，鴉有反哺之義"。父母之愛，是天性，是自然屬性。不忘父母之恩，也應該是自然屬性，孝順兩字，說來輕鬆，其實十分沉重。人們常常言"孝"，其實"孝"字不難，難的是"順"，然而，對父母而言，"順"卻比"孝"重要的多。尤其在當今的時代，父母生日之時，買點禮物，表達一下心意，都是常事，然而父母實際上並不缺少甚麼東西，所以大多數的禮物都有浪費之嫌。一位朋友曾在他母親八十大壽的時候給她買了一棟價值幾千萬的別墅，但我想她母親年事已高，可能早已經習慣了老房子，即使有個別墅，她也不一定會去住。對父母的感恩，在我看來，最重要的還是"順"。

"順"是一種態度。父母講的話，未必一定要你去做，或者未必要你馬上去做。但如果你針鋒相對，抱著我無論如何也不會去做的態度，這往往都會令父母感到極度悲哀。更何況中國的父母，從心理上與子女的關係更為親密一些。

所以，順是一種態度。無論你是否同意父母的觀點，但你至少可以表達你對父母關愛的感恩，至少可以表達你對他們的理解。有了這種"順"的態度，在父母面前，還有甚麼不能解決的問題呢？

我知道我們學校有幾位同學與自己的父母不和，我也知道有一位同學已經有半年時間沒有與父親聯繫了。每當在校園裡碰到他們時，我常常想駐足與他們聊聊，但又好像不知從何說起。看著他們離去的身影，我常常會想起幼時老家台門屋簷上燕子歸來時的情景，於是便有了寫一篇文章的衝動，興許那位同學就能看到這篇文章，興許這篇文章能幫助他打開心靈之門。人生就是這樣，有時候不到一定年齡體會不了父母之恩，而到了那個年齡的時候，卻總是太晚了。

很多年以前，我認識一位獨居的老婦，那時洗衣機沒有像今天這樣普及，大多數衣服都要靠人手洗燙。這位老婦就是以為周邊的鄰居們洗衣服為生的。她並不是孤老，她是有一個兒子的，但兒子與她不和，在二十多歲的時候就不知道跑到哪裡去了，從來沒有探望過她，更別提寄錢給她生活了。我記得有一天路過那裡，大概是送一袋水果給她，我一進門，就看到她背對著我跪在地上，背深深地佝僂著，雙手手掌向上，平放在地上，嘴裡唸唸有詞，聽上去似乎是求菩薩保佑自己的兒子。過了很久,她才意識到有人進來了,才停了下來。我說:"您每天都求菩薩嗎?"她說:"是的,每天兩件事,起床求菩薩保佑兒子,然後出門洗衣服。回來再求菩薩保佑,然後睡覺。"

世界上有形形色色的人,就有形形色色的家庭,形形色色的父母,形形色色的子女。有的人有錢、有名、有權,有的人甚麼也沒有,有時連姓名也沒有。但是他總有父母,總有父母的愛,只要有這一點,他就有在這個世界上生息成長的所有理由。

在一次科普講座中,有位同學問我:"甚麼是最貴最強的光?"我是這樣回答的:光,有三種,一種是現代高科技產生的光,很貴,因為一般有專利;第二種是電產生的光,沒有專利,但也要付錢;第三種是自然光,沒有專利,也不需付錢,但它卻是最強的光。同理,世界上的關愛也分三種,第一種是可以用錢買到的,比如在飛機上坐頭等艙就可以獲得的服務與關懷;第二種關愛是不用付錢的,但還是需要回報,至少要不時地道謝致意,大多數同事、朋友之間的關愛都是如此;第三種關愛是不用回報的,也不用道謝,那就是父母的愛,那是天生的,永恆的,就像來自天上的光!

春天來了，過幾天是寒食，再後面是清明。往年的清明，都是父母領著我們一大群親戚朋友去掃墓祭祖，團聚的味道比祭祖更濃一點。大人小孩採著漫山遍野的映山紅，挖掘山邊茂密竹林裡的春筍……今年的清明卻不同了，領我們去掃墓的人已成了墓中人，托體同山阿，剩下我們在體味著不同的"團聚"的滋味……不由得記起了祖母的那句話，春天來了，燕子要回來了，人也是會回來的。

這世界，人，要是也能夠像燕子那樣，在每年的春天裡回來一次，那該有多好！

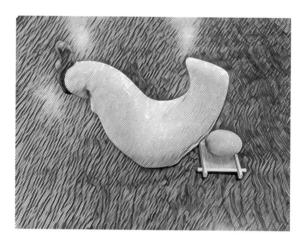

有的人有錢、

有名、有權，有的人甚麼也沒有，有時連姓名也沒有。

但是他總有父母，總有父母的愛，只要有這一點，他就

有在這個世界上生息成長的所有理由。

逼上梁山

我在美國讀博士時，有一年暑假，我獨自一人在歐洲旅行，
因為期間正好要參加一個國際會議，所以旅行的時間安排
得比較寬鬆。在一個炎熱的午後，我抵達了旅行的第一
站 —— 意大利的羅馬，小時候常常在書籍中讀到的歷史名
城。在旅館中稍作休整後，我便背著相機出門了，為保險
起見，我把所有重要的物件都帶在了身上，因為我聽人家
説，羅馬的治安不是很好，失竊的事情時有發生。

到了嚮往已久的古羅馬鬥獸場，已臨近黃昏時分，夕陽下
的鬥獸場遺跡，土褐色的巨石，彷彿能説出許多蒼涼的歷
史故事。整座建築非常宏偉，我邊走邊欣賞古人的智慧，
每到一處都會拍幾張照片。更何況這裡還曾是我喜愛的電
影巨星李小龍拍電影的地方，我還能認出哪些地方曾是李
小龍在戲中與人比武的場景。

正當我邊走邊沉浸在這些懷想中的時候，我注意到總有幾個人在我身邊徘徊，他們為甚麼總跟著我呢？我想他們八成是把我當作日本人了，因為那時候日本人比較富裕，幾乎人人胸前都掛著一台相機。我想，我得小心一點了，不由得用手摸了摸我外套的口袋，大事不妙！我口袋裡的東西全都不翼而飛了！我的錢包、護照、機票、證件全都裝在口袋裡，所有的東西都不見了！我大驚失色，想來一定是剛才那夥人幹的，我急忙衝上前去找他們理論。

那四個人看上去大概有十幾、二十歲的樣子，瘦瘦黑黑的，眼窩深陷，動作麻利，不會講一點英語，是很典型的吉普賽人。他們當然不會承認偷走了我的東西，眼看著就想要溜走。我只好衝上去抓住那個小個子，讓他無論如何要把我的東西還給我。天色漸晚，遊客大多已經離開，所以那三個人竟圍上來，看樣子來者不善，我情急之下把手裡的小個子的手反背起來，他立刻嗷嗷大叫，眼見得旁邊那個大個子要衝上來，我不知道哪兒來的勁頭，一個"掃蕩腿"把那個大個子"掃"倒在地上，順勢押著小個子按在了他的背上，我用右腿緊緊地壓住這兩人，想到還要對付另外那兩個。不料，那兩個人愣在那裡，對視了一下，並沒有誰想要上前，可能是有點害怕了。僵持了大概兩分鐘的光景，我看到不遠處有個警察，就趕忙攢著小個子，把他押去警察的方向。

我緊緊地抓著這個小個子向警察的方向走去,一邊盯著尾隨在身後的三個人,以防他們還動甚麼歪念頭。這一會兒,已經有些遊客在圍觀了,可能那三個人感到沒甚麼勝算,又不想驚動警察,態度突然就轉好了許多,要把偷我的東西還給我。我一隻手接過東西,大致看來都在這裡了,就想要不把小個子放了吧,但此時圍觀的遊客都忿忿不平,聲稱絕不能放了他們,他們是小偷,一定要交給警察。想來也沒錯,我就把那四個人都交給了警察,並把他們如何偷我財物的事情由頭到尾講述了一遍。後來,警察那裡來了一輛警車,打開後門,二話沒說,就把那四個吉普賽人拳打腳踢了一番,丟進了車裡,車門"砰"的一聲關上,揚長而去,整個過程沒和我說一句話。待我清醒過來,清點了我的東西,一樣不少,趕忙裝進口袋裡,離開了那個鬼地方。

回到酒店,原本想暢遊羅馬的心情也半點不剩,想著不如坐夜車離開這裡,去當時的南斯拉夫開會。在火車上,也一路無眠。到了南斯拉夫,遇到幾位同來參加會議的學者朋友,訴說了這段羅馬"歷險"記後,這些朋友都很驚訝和興奮。"啊!我們中間還有位英雄啊!"第二天會議主席在宴會上還專門送我的一份禮物,一條紅色的領帶,用來獎賞勇於戰鬥的英雄。

晚上在酒店房間裡回想了此事,也覺得很有意思,我居然成了"勇敢的鬥士"！這個稱號我可從來沒有想到過，但想來確實不簡單，我孤身一人對付四個，居然還贏了，而我又從未習武，手無縛雞之力，一生從來沒打過架，哪兒來的這麼大的勁，那麼大的勇氣，敢和他們四個人打架。想來想去只有一個原因，那就是"逼上梁山"！我是被逼出來的，逼急了！護照、錢包、機票還有信用卡都不見了，我可怎麼辦呢！所以只好拚了！

世上的事大多都是如此，"逼上梁山"之後才有成功可言，人不被逼一逼，成不了甚麼大事，創業是如此，讀書也是如此。哪個成功者不曾碰到過"逼上梁山"的痛苦經歷。那天在香港與兩位朋友一起吃飯，一位是一家大公司負責營銷的副總裁，另一位是很有名的體育教練。這位副總裁因其銷售能力被公認為全港的大家，在他手上沒有賣不出去的東西。我很好奇地問他原因，是哪個商學院教會他這番絕技。他說："哪裡啊，都是逼出來的，小時候家裡窮，有五個小孩，父母沒有固定工作，我是老大，常常要去鄰居家裡借錢，起先一兩次人家看我是個小孩子，怪可憐的就借給了我，但後來我覺得總不能老是這樣去借，就在每次借錢的時候拿著小禮物，有時候是一包豆子，有時候是一朵花，對他們表示感恩，這樣我每次借錢都有收穫，母親每次都含著淚誇獎我。我就這樣學習了與人打交道，就這樣學著臉皮厚，營銷的事也就越做越順了。"

飯桌上的另一位朋友也深有同感，他說他的體育技能也大多是被逼出來的。他學游泳根本沒有教練，就跟他父親在河裡胡亂游水，好在不會沉下去。有一天他和父親到一條江裡，父親說："一起游過去吧，我這裡拿著一個木桶，在你旁邊，你不用害怕。"殊不知，沒游多久，父親的腳就抽筋了，停了下來，但他不知道，繼續往前游，游到江中間時，回頭望了望父親，發現不見人影，他嚇了一大跳，看著眼前江水茫茫，離岸尚遠，但他別無選擇，為了求生，只能拚命往前游，那天他心想自己一定死定了，因為從來沒游過這麼大的江河，但到最後他還是游過來了。上岸後，他看到父親在對岸向他揮手，他覺得自己真的很了不起，居然能游這麼遠的距離。

人在被"逼上梁山"的過程中，會超常發揮自己的潛能。我指導過許多學生的研究項目，也都說明了這個道理。我如果把一個一般的研究項目交給一位比較優秀的學生，我常會想："這是不是太便宜他了？"因為好學生是需要挑戰有難度的題目的，這樣才能夠把他的潛力真正發揮出來。我碰到的好學生總有一個特點，那就是喜歡挑難的項目做，而不是像一般的學生，總是挑容易完成的項目做。能挑戰自己，"逼自己上梁山"是志氣高遠的人的特質。古人講："志不強者智不達"就是這個道理，因為你不逼自己，不挑戰自己，就無法給自己一個提高自我的機會，你的"智"也就不會"達",也就是説,你智慧的程度也就不會達到應該達到的那種狀態。

曾在日本工作很長時間的朋友對我説,日本的孩子從來不鬧,獨立能力特別強,比中國的孩子強很多。這很有道理,因為中國內地大多是獨生子女,父母給孩子獨立鍛煉的機會少,從來沒有一個"逼上梁山"的機會,所以,國內的孩子吃不起苦。吃不起苦就不知道該如何面對失敗,但人的一生中,失敗是不可避免的。父母總是希望孩子們都可以順利成長,但實際上,"順利"是"成長"不了的,不經過磨礪,不經過寒霜,沒有人能真正成為有用之材。

想像一下,你每天起床,必須跳一下,當手能碰到天花板時,你才能吃早餐。而每天的天花板總是比前一天稍稍高一點,你就這樣每天跳呀跳,一直跳到能碰到為止。這個過程,嚴格地來説就是所謂的"教育"。教育不是教你一大堆的東西,教育是在你離開學校之後,當那一大堆東西忘掉之後,你還能有獨立思考的能力,還有不斷探索的態度,還具備堅持不懈的精神,而這些能力與精神,常常是在年輕時候被"逼"出來的。

人的一生中，失敗是不可避免的。父母總是希望孩子們都可以順利成長，但實際上，"順利"是"成長"不了的，不經過磨礪，不經過寒霜，沒有人能真正成為有用之材。

讀無用書，做有趣人

那是一個炎熱的夏天，我參加村裡的民工隊到省城做建築工程。我們住在老城區一棟房子的閣樓上，二十多個民工睡一條長長的通鋪，通鋪是竹製的，倒也很涼快，每個人有一個鋪蓋，一床自帶的被褥和蚊帳。每天晚上睡覺前，大家都會在通鋪上打牌、下棋，也有人唱歌，很是熱鬧。

有天晚上，我睡得很熟，突然感到有人在大力地推我："快起來，著火了！"等我睜眼瞧時，大家都已經奔向下樓的窄小的木梯，推搡著爭相往下跑，還有的人甚至就大聲叫著跳了下去。

等我們都跑到外面的空地上，抬頭一看，好傢伙！這著火的場面真是驚人！烈火熊熊，我第一次看見著火的場面竟是如此壯觀！火光把天都映紅了，巨大的火球在房頂上滾來滾去，看著房屋一排排地倒下去，可能是在晚上的緣故，大火看上去離我們的房子很近很近……在空地上的人們，都穿著短褲汗衫，有的光著脊梁，雖然正值炎夏，但每個人站在那裡都不由自主地牙齒打顫……

大概過了幾個小時，火勢才慢慢減弱，所幸我們住的那棟房子未在這場大火中受到損壞。直到這個時候，大家才開始放鬆下來，你看我，我看你，才發現有的人手上拿著一個袋子，有的人手上拿著幾件衣裳，有的人手上拿著手錶等幾件貴重的財物……只有我的手上拿著兩本書。所有人都用好奇的眼光看著我，他們大概在想，這傢伙逃命的時候還拿著書，這書該是很珍貴的吧！

第二天在工地上，所有人都在議論我，他們問我，究竟那兩本是甚麼寶貝書籍？我說一本是歐洲哲學史，一本是科幻童話小說。大家聽了都笑起來：“真是書呆子，還以為甚麼貴重的書籍，這些書有甚麼用啊！”

是的，這些書都是無用的書，是“閒書”。看閒書不僅是我在那個最苦痛的年代所能做的最快樂的事情，而且，一直伴隨著我，是我一生的最愛。

每個人都應該讀"有用的書"，做"正事"，這沒有錯，但在你有空暇的時候，讀點"閒書"，其實完全應該。人為甚麼應該讀點"閒書"呢？因為這些閒書往往反映了一個人的天趣，是你在沒有任何指令，沒有任何壓力，沒有任何物質驅使下仍願意讀的書，是你真正喜愛的書。只有在讀這些書的時候，你才會真正思考，才會探索問題，才能放鬆自己的心情，才能觸及靈魂。只有這樣，人才能滋生新的思想和獨立的見解。我們都知道，人與動物的唯一差別，就是人有思想。讀"閒書"，對人的思想的引導起了很大作用。

讀"閒書"，在我看來也是提高人的涵養品味和情商的一個很好的途徑。有一位從北京著名大學畢業的學生，在我們系做博士生，他同我講："出了校門，我才發現我甚麼都不懂，人家在飯桌上講話，我卻插不上嘴。我是因為書讀多了？還是因為書讀少了？"我同他說："你的正書讀多了，閒書讀少了。"一個人的成功與你在專業上的知識能力有關，但可能更重要的是你對人對事以及對世界的理解和相處方式，這與你的情商有關，與你平時讀的"閒書"大有關係。

讀"閒書"能使人更有想像力，人的想像力在我看來可能是人類最重要的一個素質，大學者都有豐富的想像力，無論是學文的還是學理的。豐富的想像力是從哪裡來的？你去讀一篇優秀的論文，有時你會發現作者把其他領域的知識和方法巧妙地運用過來了，作者是怎麼想像到的呢？如果他沒有其他領域的那些"閒心"，或許他就不可能把這個課題解決得這麼完美。

或許有人會說："現代人的生活節奏如此之快，哪有閒心讀書呢？"其實，這個"閒"字恰恰是現代人最應珍視的東西。有些人很忙，但不知怎的，總有幾分閒心。我認識一些位高權重的朋友，可以說他們應該是世界上最忙的那群人，但我發現他們仍有閒心畫畫、有閒情賦曲。相反，有的朋友，其實也不是很忙，有的甚至已經退休了，但看上去仍很忙碌，心裡一天到晚裝著許多事，晚上還常常失眠。

所以，我常常想，忙與閒可能並不在"事"上，而是在"心"上，怎麼才能做到事煩心不煩呢？關鍵還是要留點時間看點閒書，這樣才能事忙而心有餘閒。看閒書能使我們安靜下來，超脫起來。而當我們的心靜下來時，常常更容易想得遠，所做的事和所說的話也更趨於正確。

小時候，有時與小夥伴們一起去打球游泳，家裡人常會說："你花那麼大勁去鍛煉，還不如來幫家裡打掃衛生。"勞動雖然也能強健身體，但與鍛煉是不一樣的，效果不一樣，心情也不一樣。雖然，勞動的"實用性"很強，但人們不能因為勞動而忽略鍛煉。"正書"與"閒書"的關係很像勞動與鍛煉的關係。隨著人類文明的發展，勞動愈來愈少，鍛煉愈來愈變得重要。"正書"與"閒書"的重要性可能也會按同樣的原理發展。

從另一個角度看，忙閒是第二層次的，第一層次是心情。我有幾位年長的院士朋友，平時身體不是很好，但當有重大項目，組織上安排他們領軍攻關時，他們會立即跑出醫院，去第一線工作。看到他們在工作時的狀態，完全不像一個病人，精神充沛，與前幾個月在醫院裡相比，判若兩人。這種事我碰到過幾件，一開始不知道怎麼解釋，後來開始悟出來，快樂的忙，是最好的營養。對任何人來說，忙不忙不重要，快樂不快樂更重要，而人的快樂很大程度上取決於本身的涵養和度量，這與讀閒書大有關係。

看閒書，有時很像交閒朋友。閒朋友，指的是"無用"的朋友，不是那些在生意上、仕途上、家庭上有用的朋友。你會發現交這些閒朋友，心裡沒有壓力，就像讀閒書一樣。所以我常說，閒書是你一生中的好友，他們可靠、忠誠，隨叫隨到。讀未讀過的書，就像交新友，讀已讀過的書，就像對故友。而同時，閒朋友又像是你一本好的閒書。他們會忠實地告訴你何謂正確，何謂謬誤，悲傷時給你慰藉，困境處給你力量。我們說，讀書要有一點閒心，交友需持幾分俠氣，意思就是讀書與交友都不能太過功利。

做事也是如此，有閒心的人才會有趣。小時候，我有一陣子很喜歡養蠶，每天都到山上去找桑葉，當桑葉找不到的時候，就漫山遍野地去找可代替的樹葉。後來老師知道了，讓我寫一篇作文"養蠶的意義"，我左思右想，想不出甚麼意義來，最後只好胡編了一個意義——養蠶讓我了解到工人和農民生活的艱辛。

又比如我小時候喜歡寫毛筆字，老家有一位鄰居，看到我在練字，就常常跑過來對我說："寫字能派甚麼用場？以後最多去橋頭擺個'代寫書信'的攤子，每封信可賺八分錢，字寫得好，可能來的人會多一點。"我當時聽了雖有些不悅，但也不知道怎麼同她說。

萬物其實大多是沒有意義的，你說春天到了大地上每一棵小草都發青了，這有甚麼意義？湖裡的小魚每天不停地游泳，這有甚麼意義？有沒有意義，有甚麼意義，是人們主觀地加上去的。

世間許多事情也是這樣，本來就不存在所謂"意義"，但人們總喜歡把事情冠以"意義"二字，這樣做的結果是，把本來有趣的事情變得不再有趣了，本來很有意義的事情驟然變得沒有意義了！我有時候常常問自己，我們為甚麼一定要做一些有意義的事情呢？為甚麼就不能做些無意義的事情呢？

搞科學不也是如此嗎？當我們在實驗室裡發明了"爬樹機器人"的時候，大家好奇地關注著這個以昆蟲原理製作的十分厲害的爬樹能手，接著，人們就開始發問了："這個爬樹機器人有甚麼用？"我回答不出，因為我們在思考這個機器人的原理的時候純粹是出於好玩，並沒有想過有甚麼用。等做成之後，有公司來找我們合作，於是思考這個機器人可能會有些甚麼用途時，那都是後來的事了。這裡說明了一個道理，當你在做一件有趣的事時，其實不一定要知道它會有甚麼用，但時間在變化，事情的性質也會變化。你今天讀的"無用"的書，也許在明天，變成了"有用"的書；你今天幹的"無用"的事，也許在明天成了你"有用"的財富；而你今天交的"無用"的朋友，也許在明天個個成了你"有用"的大貴人！無用而至大用！

人生就像一條彎彎曲曲的山路，沒有人知道自己的這條山路的目的地在何方，我們所能看到的不過是山路上抬頭望見的那座涼亭，如果我們急匆匆地奔向這個涼亭，又急匆匆地奔向那個涼亭，再急匆匆地趕到最後的目的地去報到，這樣一定會錯過許多山路上的快樂和美景。我們不妨停一停腳步，看一看夕陽餘暉下的山巒起伏，不妨聽一聽山澗小溪與蟬鳴鳥語的交響重奏。讀無用書，做有趣人，無非是想告訴我們，當我們無法控制人生這條山路的長度時，至少我們可以選擇這條路的寬度。在我們忙碌的生活中，於我們的心裡留一點小小的空間，裝一點點閒書，有一點點閒心，使我們的奮鬥更加快樂而有趣。

讀無用書，做有趣人，無非是想告訴我們，
當我們無法控制人生這條山路的長度時，
至少我們可以選擇這條路的寬度。

共享

前幾個月，我去上海出差，朋友來酒店邀我一起吃飯，飯館離得不遠，朋友說不如大家都不開車，騎單車去吃飯吧。我說：“好啊！哪裡能租到幾輛車呢？”他說：“那還不容易，就用共享單車吧。”說著，我們已走到馬路旁，那兒停著許多橘黃色的自行車，用手機一照密碼，立即就可以騎了。我們騎著自行車，穿過大街小巷，快活得不得了，就像是回到了童年時光。

那次之後，我才發現原來這個共享單車已經風靡全國，所到之處都能看到各色鮮豔的自行車，著實是風光一時。“共享單車”是一種很好的方式，一來是資源分享，方便使用；二來是節能環保，保護地球；三來是鍛煉身體，有益健康。共享這個概念，真是美妙。既然單車可以共享，為甚麼我們不能共享其他東西呢？圖書？衣服？鞋帽？雨傘和扇子？食物？我們生活和工作上的許多東西都可以共享。所以，我們又可以想像，如果有一天我們去另一個城市旅行，不用帶重重的行李，不用接受機場的反覆檢查，可以隻身一人到酒店，共享那裡的資源，那該多好！

回想起我們讀書的那個年代，如果有共享那該有多好。我去美國讀書的時候，市場上剛有帶輪子的箱子，我在上海買了一隻大箱子，因為要帶的行李太多，箱子裝得又滿又重，還沒有到機場，四隻輪子就變作三隻了，而三隻輪子的箱子只能用手提了……真是很重！終於上了飛機，到了美國，過境時，海關的檢察官看著我的三隻輪子的大箱子感到有點奇怪，就大聲叫我過來要開箱檢查。箱子一打開，中間赫然躺著一把菜刀！那位檢察官大吃一驚，旁邊也很快走過來其他幾位檢察官，他們問我：“你來美國是幹甚麼的？！”“來讀書的。”“帶刀來讀書嗎？”我回答道：“那刀是菜刀，是用來做飯的。”檢察官似乎並不相信，說：“刀，可以切菜，也可以殺人，對不對？”我只好沉默了。他們就繼續翻我的大箱子，把所有東西都翻了個遍，最後在箱底發現了一隻鍋，還是那種樣式古老的圓底的用了很久的深黑色的鍋。這下子，那位檢察官開始意識到我大概說的是真的了，他盯著我看了一陣子，最後笑笑說道：“你去吧，祝你讀書做飯順利！”

我一到住處，就趕忙要去買一個鍋蓋，因為鍋沒有蓋子就
燒不了菜。別人告訴我了一家比較便宜的雜貨店在黑人區，
當我找到鍋蓋從店裡出來時，天已經完全黑了，一群黑人
圍住了我，在黑漆漆的街道裡被一群黑漆漆的人包圍著，
我就像動物園裡的動物一樣被他們四下打量，我也不知道
他們想要幹甚麼，但心裡很不是滋味。大概過了五分鐘，
他們才放我離開，我立刻拔腿就走，匆匆趕回住處，一路
上心裡都在嘟囔："這個該死的鍋蓋！"

現在回想起來，如果當時有共享的話，我就不必那麼麻煩，
不用帶菜刀和鍋子，也不用去買這個該死的鍋蓋。人生就
是這樣，只有當我們經過那麼多麻煩和苦痛之後，才會感
恩今天這個時代所提供的便利與豐足。

共享時代的本質是把原本屬於個人的資源集中起來按一定
的規則交於社會，由社會來管理共享。人類社會的發展就
是這麼一步一步走過來的。在遠古時期，萬物都是共享的，
後來，物質多起來了，私人擁有的慾望隨之增加，土地、
牛羊和奴隸都屬於個人，私人空間隨之增大。然而，隨著
人類文明的發展，資源交換的加快，吃米飯的不用去耕田，
穿皮鞋的無需去養牛，私人空間的資源又逐漸轉移到社會
共享空間中去，社會共享空間增大。我們可以想像，當物
質相當豐富之後，人類社會會再度走向萬物共享的時代。

共享空間中的資源越來越多，這本來是件好事。但如果人類還沒有學會如何共享，完全有可能把這些資源給糟蹋了。所以，共享時代對人類是一種新的挑戰。這很像以前每個人只要管好一桶水，你帶回家，保護好，與家人分享就行了。但現在不是這樣，現在是大家共享一條河的水！你如果還是以一桶水的概念，來保護好自己的水，那是不行的。現在需要學會如何分享這條河。這就需要有公德心，不能隨意弄髒河水。不僅自己不行，而且別人也不能這麼做。如果人家不聽你的怎麼辦呢？那我們就要有本領來制訂規矩，互相約束。共享社會需要規矩，也需要愛。

總之，共享時代需要人有三種意識：第一是“共享意識”，你的是我的，我的也是你的，互相共享，而不能說，你的是我的，我的不是你的。第二是“服務意識”，所有東西都是共享的，所以“你”也是共享的，你被人共享，你也可以共享別人，這樣就需要很強的服務意識。我們每個人活在世上，都在為別人服務，只有這樣才能心安理得地享用別人的服務。第三是“學習意識”，因為要與不同的人共享與服務，這使得我們每個人需要不停地學習，同時，因為共享物件的不斷變化，我們學習的內容和範疇也隨之不同。

既然物質世界可以共享，那精神世界能不能共享呢？我們的時代，物質極大豐富，但人與人之間的感情卻日益淡薄。

今天的世界裡，"溫暖"是最稀缺的，"溫暖"的共享顯得越來越珍貴。我希望有一天，如下的溫暖共享的場景能夠成為現實：如果你是一個孩子，無論你走到哪個城市都能找到"共享父母"；如果你是一個老人，無論你走到哪個城市都能有一雙"共享兒女"；如果你是一個學生，無論走到哪個城市都能有當地的"共享家長"……

我在美國讀書的時候確實有過類似的經歷。到學校報到的當天，我聽說有一對美國老夫婦正在尋找一位外國學生，提供"Host Family"，我打電話過去，他們馬上就來了，是一對中學教師，也是我們這個學校的畢業生，又是當地居民。在接下來的幾年中，他們待我就像我的父母親一般無微不至，我有甚麼困難，他們都會過來幫我解決，我對美國文化的了解就是從他們那裡開始的。在異國他鄉能夠得到這種溫暖，真是太珍貴了。有一次，在一個雨夜，我的車壞了，周圍也找不到修車的地方，我只好打電話給他們，他們就立即帶著修車工具過來幫忙，那時已經接近午夜，大雨滂沱，兩位老人幫我修好了車還得開一個小時的車回家。又有一次，我生病了，他們得知後特地縮短了在法國的假期，從機場直奔過來看我，女主人還帶給我一支長柄的棒棒糖，完全是把我當孩子一般看待了，糖還未吃，心裡已經甜了！

今年五月，我又重回費城。故地重遊，一幢幢樓房仍在，一條條街道依舊，一路上就像看了場老電影，只是電影裡的人物不見了，昔日的"共享父母"是再也見不到了。不過，他們曾經給我的溫暖已留在這座城市的角角落落，至今仍帶給我深深的感動。

我們的時代，物質極大豐富，但人與人之間的感情卻日益淡薄。今天的世界裡，"溫暖"是最稀缺的，"溫暖"的共享顯得越來越珍貴。

聰明的頭腦和笨的精神

我在博士學習期間有位室友,是美國人,長得高高大大,
家在新澤西州,人很友善,也很聰明,因為是籃球運動員,
所以對球鞋的要求很高,他對"Made in China"的運動鞋
讚不絕口,因為他每雙鞋都是中國做的,所以他曾一度以
為中國人都善製鞋,直到後來通過我,他才了解了很多有
關中國的歷史文化,真正喜歡上中國。他有個弟弟,比他
小一歲,也是我們系的學生,那時候經常來我們房間。弟
弟比哥哥瘦一些,很健談,兩人的成績都很優秀。那時我
們三人常常一起玩,也經常爭論,他們兩兄弟爭論不下的
時候,幾乎要打起來,那時候通常就要靠我去打圓場。

很多年過去了,有一次在美東的一個機場見到我的那位室
友,閒聊之間自然談到了他的弟弟,這才知道原來這兩兄

弟畢業之後的發展很不一樣，他畢業後要去非洲支教兩年，他弟弟說他太傻帽了，沒有去。後來，他倆同在一家公司做產品工程師，他弟弟常覺得那些人不夠聰明，不願與他們為伍。他承認他弟弟大概是比那些人聰明一些，應該能算是組裡最好的 30%，但他弟弟自認為是 1%，所以他弟弟換了幾次工作，還是不行，後來只好離開了那家公司。再後來去經營他父親留下來的小公司，剛接手就把追隨他父親多年的幾位"功臣"全部裁掉了，因為他覺得這些人不懂現代科技，工作效率太低。兩年下來，他們父親的那家小公司就破產了。照他的說法，他弟弟是一個極其聰明的人，但凡事患得患失，太過考慮自身的利益。而我的那位室友，比較憨厚，凡事不計較，人緣很好，在公司裡一直做管理層工作，現在是一家大公司的副總裁。

聰明的頭腦，原本是個好事，但常常帶來麻煩。人有時候是需要有一些"笨"的人生態度的。處處找捷徑，事事佔便宜，不僅浪費了你的聰明智慧，而且對你的人生是有害的。做了多年的老師，我觀察過一些聰明的學生，有幾件事我想列出來請聰明的朋友多加注意。

聰明人常常孤傲自大，算一個題，他用了兩分鐘，其他人用了五分鐘，他就瞧不起人家，後來發現自己做甚麼都比人家快一點、準一點，久而久之，就看不起人家。因為看不起人家，常常陷於孤獨，人家會圍攻他、嫉妒他。雖然他聰明能幹，但人家以數人之眾，敵你一人之力，綽綽有餘。所以，聰明的人切忌過傲，以至於不慎，以至於浮誇。

聰明人常常喜歡走捷徑、鑽空子，他會追求"最佳"的方法去達到一個目的。甚麼是最佳？就是時間最省，速度最快，力氣最省。注意，這其實正是時下社會浮躁的根源。我在龍崗住宅的電梯裡，看到過一個幫人找工作的小廣告，"錢多，事少，離家近"，我想，這天下哪有這麼好的工作？你看他在"優選"，從錢上力求多，事上力爭少，距離上力求近。他把聰明用到了"優選"那裡去了。但是，對不起，這種工作很難找得到。

聰明人常常比較刻薄。聰明人因為比較敏感，更容易發現別人的缺點，有時還擅長把它描繪出來，作為人家的笑料和把柄。我們中間有很多這樣的人，熱衷去找人家的缺點，無非想證明人家不如他，想證明自己的偉大。其實人們常常更佩服那些聰明而又厚道的人，對自己嚴格而對人家寬宏，留一條路給他人，也留一條路給以後的自己。

聰明人常常興趣太廣。聰明人與平常人不同，常常才華橫溢，興趣廣泛。這本是好事。問題是當自己的興趣太廣泛時，不可能專心於自己的主要工作。人的精力有限，即使是聰明人，時間精力也不是無限的。很多極有才華的學者，有的甚至是天才，然而畢其一生，學術成果似乎並不豐盛，估計與生前的興趣過於廣泛，而無法集中精力有關。

綜上，聰明人應戒傲、戒巧、戒察、戒泛。

其實，聰明，對於成功，可能並沒有像人們所想像的那麼重要。人們習慣了這樣一種思維模式：覺得沒有錢的人，一般不會幸福，所以，有錢的人一般會幸福。同樣，覺得笨的人，一般不大會成功，所以，聰明的人一般會成功。這其實是有誤的。大多數成功的人，從很多角度看其實是相當"笨"的。

我比較喜歡看錢鍾書和楊絳的書，當我仔細讀他們的書的時候，心會變得寧靜而充滿童真。這對偉大的作家，當然有"聰明"的頭腦，但也不乏"笨的精神"。想想看，楊先生在九十多歲高齡時開始翻譯《斐多篇》，為了一個詞，苦苦思索兩三天，這個精神傻不傻？快一百歲了，終於完成了自己的心願，將一部偉大而富有哲學思想的巨著譯成了中文，讓我國讀者能夠享受這份巨大的精神財富，她哭了！終於可以鬆一口氣了！你說她的這個精神是不是有點傻呢？她說過，對於錢鍾書，她一輩子做的事無非是保持了他的"癡"。想想還真的很有道理，如果沒有這個"癡"，他們不可能在這麼紛亂的世界裡活得如此純潔高雅，如果沒有這個「癡」，他們也不可能在這麼惡劣的環境下，依然取得這麼多的學術成果。

我們可以從很多人身上發現這樣的精神，就像 Steve Jobs 也曾說過："Stay Hungry, Stay Foolish。"笨的精神的實質就是讓人能從他自身中超脫出來，超脫自身的處境和利益，看到更廣大的範圍，去從事更宏大的事業，而自我只是其中的一部分，只有有了這樣的境界，一個人才能走得遠，把原本不可能的變成可能。

人的一生很短，每個人的聰明才智在這短短的一生中一般都不能全部發揮出來，這正像現在的電腦儀器中的多數功能其實都沒有被人用過一樣。但是，如果這些具備聰明頭腦的人，能有一些"笨"的精神，聰明的頭腦會由此而受到激勵，以致於發揮出他們全面的才智能力。相反，如果沒有這些"笨"的精神，聰明的頭腦只是用在偷工減料、處處算計，或是世故圓滑和朝秦暮楚上，這會使人在事業上越走越窄，心情也會變得陰暗焦慮，所以我們常常看到有些聰明人活得很不快活。

我們一生中所做的每一件事就像在一個桌子上鑽洞，桌子的正面平整光滑，但桌子的反面凹凸不平，有的地方很厚，有的地方很薄，而鑽洞的人只能看到正面，看不到反面，所謂的"成功"，就是把桌子上的洞鑽通了。聰明的頭腦就像是一把鋒利的鑽頭，鑽的速度越快，從而洞被鑽通的可能性就越大。但另一方面，也是因為這個"聰明"，當你鑽不通時，你會想或許應該換個容易鑽通的地方，於是你就不停地換地方，到最後你可能一個洞也鑽不通。而如果你有"笨"的精神，你會心無旁騖，堅持不懈，不僅不換鑽洞的地方，而且還會去找那些厚的、別人鑽不通的地方，因為如果鑽通了一個很厚的地方，這所帶來的價值可能就更大。所以，聰明的頭腦與笨的精神看上去好似相反，但實際上互相依存。如果把聰明的頭腦比作水，笨的精神比作山，山水相印以成大美，天地足以共榮；巧拙相濟而為大智，萬事方能功成。

如果把聰明的頭腦比作水，笨的精神比作山，山水相印以成大美，天地足以共榮；巧拙相濟而為大智，萬事方能功成。

夏夜

江南的夏夜，十分悶熱，有時連一絲風都沒有。從前沒有
風扇，更不要說空調，所以，夏夜漫長，常常無法入睡。童
年時，消磨夏夜，最好的方法是乘涼。晚飯過後，人們搬
著凳子或桌子來到室外，在老家台門後面的園子裡，祖母
搖著大芭蕉扇，後院池裡的蛙聲與樹上的蟬聲連成一片，
我們要麼圍著老人聽他們講故事，要麼就在一起下象棋。

父親是象棋高手，據說在當地比賽中得過亞軍。我與他下
棋都是要他讓棋的，也就是每盤棋開始的時候，他先把他
的"車、馬、炮"拿掉，再開始下，一般是讓我兩子，以
"車、馬"為多。即便如此，我也幾乎沒有贏過他。這裡"幾
乎"的意思是，在我與父親的無數次交手中，我只贏過一
次。是的，這是一生中唯一的一次，所以我記得特別清楚。

那天晚上，他從單位開會回來，我說想跟他下棋，他便應允了。像往常一樣，他擺好一盤在井水裡浸過很長時間的"冰鎮西瓜"，一般他不會去吃，因為他知道那是小孩比較喜歡吃的。鋪開棋盤，我說："讓車、馬吧。"他便拿掉那兩顆棋，就這樣開始廝殺了。父親下棋的習慣是慢慢地下，靜靜地相對陣，有禮數，很優雅，讓對方"緩緩地死去"，輸得心服口服。他"守"得很好，每顆棋子似乎都在說："你來吧，儘管來吧！"而我那時下棋比較急，是"進攻"型的。估計那天我走了一步出其不意的"棋"，一般人是不會這麼走的，但我這樣走了，父親先是吃了一驚，接下來不過四至五步的光景，我竟意想不到地贏了。我贏了之後，簡直不敢相信這是真的。我可從來沒有贏過！我眼睛盯著父親，他微微笑了一笑，說了一句："真勇敢！"

那天晚上我很激動，終於贏了一回父親。當然，即使到今天，我還是不清楚，是因為他那天疏忽了，大意了，所以我才能贏的，還是因為他有意讓我贏的，這兩種可能都不像是父親的性格所為，我也不敢直接問他。晚上與他睡在一張大床上，我說我這盤棋下得怎麼樣？他慢騰騰地說："下棋，不能一上來就眼睛看著對方的將帥，不能急於求勝。有時候下棋不是因為這步棋容易下，而是因為這步棋不容易下……

我那時似懂非懂，離開家鄉以後，再也沒有機會與父親下棋了，但仍會時不時地記起他的那些話。下棋如此，人生何嘗不是如此。做任何事不能急於求成，不能過於功利，只有當你抱著只事耕耘，不問收穫的心境去做事，你才能有所堅守，才能有所收穫。而對人生的許多選擇，有時候我們並不是因為它容易而選擇去做，而是因為它難。

中學畢業後我去下鄉，下鄉前有一段去杭州做民工的經歷。那時，我與當地農民組織的建築隊在杭州的幾個單位建宿舍，修圍牆。那是個十分炎熱的夏天，我們正在杭州電子學校修圍牆，父親來杭州看我，給我捎來一些衣服和吃的東西。我正好在搬大石塊，那種切得方方正正的大石塊，每塊大約有 100 斤重，父親問我每天要搬多少塊，我説大概 100 多塊，多的時候要搬 300 多塊。父親讓我稍稍休息一下，我倆就坐在人行道的邊上。正值下課時間，看著從學校門口進進出出，手上夾著書本和講義的學生們，我好生羨慕。父親看看我，又看看他們，說：「你是沒有機會上學，也許有一天你有機會上學的話，你肯定會比他們學得好。」他這句話説得很輕，但我卻一直記得。

那天晚上，杭州的夏夜格外悶熱，我不知道甚麼原因，父親決定晚上與我一起在我的宿舍裡睡。我住在學生宿舍的雙層木板床的下鋪，很窄，兩人睡在一起，真是很熱。回想起來這可能是我一輩子中最悶熱的一個晚上。兩人都不躺下，黑暗中面對面地坐著。父親用他那把黑色油紙扇給我扇著，扇了整整一個晚上。

父親問我，"枕頭旁邊那本書是甚麼書？"我說："是地上撿的，大概是學生從窗口扔下來的，英文的，估計是一種儀器的說明書，我是把它當作英文課本在看，硬是把它翻譯出來了。"過了一陣子，父親說："你是不是很想讀書？"我說，"是的。"他沉默了一陣，然後說："我們的家庭你也不是不知道。"我當然知道這在當時幾乎是不可能的，沒有家庭背景和社會關係，上學哪有那麼容易。又過了很長一陣子，他說："不過你要有耐心，要耐心等待，天總會有亮的時候……"

在黑暗中，我們就這樣有一搭沒一搭地說著話。父親問："他們有沒有欺負你？"他是指那些農民工頭，我說："也沒有甚麼，只不過可能會把重活和髒活讓我多做一些。"他也不說甚麼，後來給我講了漢朝韓信受胯下之辱的故事，其實之前我也知道這個故事。

天慢慢地亮起來了！父親說去買些早點。等他回來的時候，他買來油條，燒餅和豆漿，都是我愛吃的，然後他從包裡拿出一條香煙，走到那些農民包工頭身邊，笑著把那條煙遞給了他們。

父親是一個從不會送禮的人,他無論對人對己都很清簡,這是我所知道的父親第一次,也是唯一一次給人家送禮。當他把煙遞過去的時候,我遠遠地看著,心裡幾乎要流淚了,"你其實用不著做違心的事,我自己可以照顧好自己,他們不會欺負我,你用不著給他們買煙……"

父親,是我童年的一棵大樹,有了他,才有陰涼,才有輕風,才有許許多多發生在樹下的故事,而這些記憶中的故事,有時彷彿與大樹無關。然而,當有一天,大樹倒下的時候,你會驟然發現,沒有了這棵大樹,這記憶中的故事會變得如此蒼白。

去年,也是這樣一個悶熱的夏夜,父親,像夏夜裡的一陣輕風,吹走了!輕輕地、緩緩地、暖暖地,一如他的一生為人。

做任何事不能急於求成，不能過於功利，只有當你抱著只
事耕耘，不問收穫的心境去做事，你才能有所堅守，才能有
所收穫。

一年十一天

我住在匹茲堡的時候，經常去一家中餐館吃飯，這家餐館
離學校不遠，交通方便，還有停車場，所以慢慢地我就成
了那家店的常客。餐館店面不大，有兩張大桌，十來張小
桌。餐館的菜是典型的美國中餐館會做的菜色，甚麼菜都
有，但所有的菜味道都差不多，因為他們炒菜都是過一道
油後，便用事先做好的醬料去炒，因為用同一種醬，所以
菜的味道都很像，無論是牛肉、雞肉和海鮮，都差不多。

因為去得多了，逐漸熟悉了店裡的人，主廚是浙江鄞縣人，
名叫小 W。小 W 其實比我年齡大，但長得顯小，個子也不
大，大家都叫他小 W，我也就叫他小 W 了。因為是浙江同
鄉，所以我和他的話就多一點。小 W 知道我比較喜歡吃，
於是就告訴我說他們廚房師傅們經常自己做"扒鴨"，問我

要不要嚐一下，那我當然想要試一試。沒想到，這個扒鴨還真是好吃，筷子一撥，鴨子都酥爛了，很入味，濃濃的湯汁，配上新鮮的蔬菜作底，快好的時候淋上香油，很是鮮美。後來，我每次過去，小 W 總會做一道扒鴨給我吃。這道菜不在他們的菜單上，所以必須先打電話預訂，久而久之，我成了這家餐館的常客，每當我在的時候，店裡就會放起鄧麗君的歌曲，他們會幫我拿來當地的中文報紙，再沏上一壺西湖龍井，沒過一會兒，香噴噴的扒鴨就端上來了。那個時候，到這家餐館去吃飯是我最開心的事情。

熟了之後，我才知道小 W 雖然是農村出生，但來美之前是當地基層的一個小幹部，那時候，他有一位親戚在美國，可以幫他辦理來美，因為當時美國的收入要比國內收入高出一百倍的樣子，所以每個人都想抓住機會到美國來。他剛來美國時先在餐館打工，後來做了廚師，他在家鄉已經結婚，有一個女兒，因為小 W 是主廚，所以他每年只有兩週的假期可以回家，那時往返的飛機要經過許多中轉站，因而除去頭尾在機上的時間，他能夠與家人團聚的時間是每年十一天。

我剛知道此事時，心裡很為他感到無奈，這是不是有點太殘忍了！但後來發現他其實對此是很樂觀的。他在外面畢竟能賺比較多的錢，對家裡，對親戚朋友都是極大的支持。

他每次要回家的時候，大概從幾個月前就已經在嘮嘮叨叨地講起這次回家他要見誰，要做甚麼了，看來他很早就開始準備了。我問過他，"回一次家要花多少錢？"他說："不包括機票，也得一萬多美金。"在那時，一萬多美金是一個很大的數字，國內人均工資也不過是幾十美金。我說："你怎麼會要花這麼多錢呢？"他說因為他有很多親戚朋友要見，每個人都要帶點禮物過去，這樣的話，加起來就不少了。所以，他必須拚命地賺錢。

小 W 的生活過得非常充實，他通常是在農曆過年時回家，機票一早就訂好了，而且訂得要用足整整兩週的假期，回到匹茲堡已是要上班那天的凌晨五點左右，因為這樣才不至於浪費假期。假期回來後，他總有很多開心的見聞要與我們分享，有國家的，有村裡的，有女兒的，談吐之間能感到他回家時衣錦還鄉，備受眾人愛戴的情景。不久之後，你又會聽到他開始計劃，今年要準備點甚麼，要給哪個親戚帶甚麼回去……那時國內的物質匱乏，帶點美國的東西回去，不論是家人還是鄉親都很歡喜，我可以想像他回家時的那種熱鬧景象。

這樣的日子過了一陣子，當後來移民政策逐漸放寬的時候，小 W 就開始動腦筋要把家裡人弄出來。終於有一天，他說他的夫人和女兒都已經辦好了手續，可以移民來美國了。

我那天吃飯時得知了這個消息，心裡著實為他高興，哎呀，小 W 終於熬到了這個日子，這一年十一天的日子總算可以結束了！

後來，我搬了家，去他餐館吃飯的次數就少了，見面的機會也不多，但還是聽說他夫人和女兒已經來美國了。雖然我沒有見到她們，但我聽說小 W 為此花盡了所有的積蓄，正忙著張羅一家人的生活。那段時間，我們見面的機會很少，人都是這樣，家裡事忙的時候，難免對朋友有些疏遠，這也是正常的。

又過了一陣子，我去餐館時發覺小 W 臉上的喜色不見了，面色灰得難看，我感覺似乎發生了甚麼事的樣子，一問才知道，他與家人生活合不來，夫人在家沒事做，整天嘮叨著他的不是，女兒正是青春期，晚上夜不歸宿，夫人總是讓他開車去跟蹤她，這樣的事情發生多次之後，他很不高興，一家人每天吵架不停……在我離開匹茲堡之前，又去了一次餐館，但這次沒有見到小 W，店裡人同我講，他和他夫人已經離婚了……

我為小 W 感到深深地悲哀，那個永遠笑眯眯的，精神充沛，活潑機靈的小 W，現在怎麼了？他熬過了一年十一天的生活，卻熬不過一年三百六十五天的生活。當然，有時

候"相濡以沫，不如相忘於江湖"，我只是感到很遺憾，遺
憾之餘，感慨不已，這是不是說明，我們在追求的那些東
西，並非是越多越好？

現在想來，世間的幸福，其實並不在於你擁有多少，而在
於你能珍惜多少，假使你擁有三百六十五天卻不珍惜的話，
還不如擁有十一天。一切皆是這樣，時間是這樣，錢財是
這樣，名譽是這樣，連健康也是這樣。

人在甚麼時候才會"珍惜"呢？當大地乾旱得出現一條條裂
縫，農民必須到幾十里外去打水時，人們開始珍惜水了。
當我們必須用野菜來充飢，餓得連年輕人也要撐著拐杖走
路的時候，人們開始珍惜糧食了。當我們孤立無援，所有
盟友都背離而投奔他人時，人們開始珍惜朋友了……珍惜
是在我們"少"的時候才會做到，而當我們富足的時候，
充裕的時候，我們就會遺忘那些"少"的日子，就會揮霍浪
費，就會不珍惜，而一不珍惜，這些原本富足的東西也就
悄悄地溜走了！

多少人都在埋怨，總說我沒有甚麼，我缺少甚麼，我沒有
誰那樣有背景，沒有條件，沒有好的爹媽，總而言之，就是
一個字 ——"缺"。其實，你甚麼都不缺，你缺的是"珍惜"
這兩個字。

為甚麼"珍惜"那麼重要呢？因為只有珍惜，你才會感恩，萬物由來不易，你就會珍惜已經有的東西。因為只有珍惜，你才會包容，你會體諒別人沒有這些東西的苦處，會包容與你不一樣的朋友。也因為珍惜，你才會具有清醒的頭腦，不至於浪費與浮誇，不至於忘記自己的本分與責任。所以，珍惜的東西，才是你能留得下來的，屬於你自己的東西。

每個人的福，每個人的資源，都是有限的。就像天上的雨水，看上去無窮無盡，但你喝到的水，只有你手上的這隻碗能盛的那麼多。碗大碗小就是你惜福的造化了。

朋友們，不要再過多地埋怨，我們並不缺甚麼，我們缺的是惜時，惜緣，惜福的精神！

世間的幸福，其實並不在於你擁有多少，而在於
你能珍惜多少，假使你擁有三百六十五天卻不珍
惜的話，還不如擁有十一天。

無中生有

每年夏天的高考像是打仗一樣，幾天之間就決定了一個人
的命運，幾家歡喜幾家愁，雖然事實上並非那麼嚴重，但
社會意識就是如此，高考錄取之後，總有兩件事情常讓我
感觸頗深。

一種情況是有考生考得不理想，有的儘管分數不錯，但沒
有被心儀的大學錄取，也感到是失敗了。但考試與錄取都
是有概率的，從理性上講，大家都明白，但到了個人，心裡
總不好受，覺得人生的道路渺然無望，對自己失卻信心，
有的甚至自暴自棄，嚴重到跳樓臥軌的都有。

另一種情況是考生考得很理想，取得了高分，學校、家長、
社會紛紛表彰讚揚。這本來是件好事，但因為考得好，分

數高，無論錄取到哪個學校，哪個專業，都會和比自己分數低的同學一起上學，這下可不得了，心裡感到很不平："我怎麼可以同這麼差的同學一起上課呢？"有的同學就這麼同我說，甚至由此而提出退學，不願與低分同學為伍。

以上兩類同學表面上似乎不同，其實質是一樣的，就是放不下。自己這顆心還停留在昨天的日子裡，放不下自己的得失。就像一隻木桶一樣，裡面裝滿了水，已無法裝新的水。

有智慧的人，一般每逢一事都會集中精力，全力以赴，但完成之後，則會趕緊把它"忘掉"。如果有成績，稍微高興一下之餘，就應立即放下，過度欣喜或長時間的自我陶醉，都不健康。如果做得不理想，甚至犯了一些錯誤，也要立即放下，不必再去千思萬想，也不要去後悔，不要去內疚，過去的就讓它過去吧。過去的事，無論好壞都不用多想，因為想了也沒用。

這樣做的好處在哪裡呢？人，為甚麼要學會"放下"呢？因為只有放下，才能"清空"自己，把自己置於"無"的位置，只有在"無"的狀態，我們才能重新出發。是的，放下很難，但是，如果我們不放下，之後的路可能更難走。蠶，只有脫繭才得以重生。人，只有脫胎才能夠換骨。如果我們要往前走，就必須放下過去的一切。

這讓我記起八十年代中國女排四連冠的故事。那是一個每個中國人都充滿了理想，充滿著奮鬥精神的年代，女排就是那個年代的代表。我記得當得了三連冠之後，面臨著第四次奪冠的考驗時，教練袁偉民對女排隊員們這樣講："我們不是去守著這個冠軍，我們要忘掉我們曾經拿過的三次世界冠軍，清空自己，我們是來奪這個冠軍的，就像所有其他國家的代表隊一樣。"我聽了很受啟發。真的，任何東西，"守"是守不住的，但如果你能清空自己，把自己置於"無"的狀態，你就有動力去爭奪，去拚搏，去廝殺，你才有可能贏，也就是說"有"的狀態，只能通過"無"的境界來達到的，所以我在這裡稱之為"無中生有"。

前幾年有一位香港做產業的朋友來找我聊天，帶來兩個兒子，兩兄弟都是剛從美國的大學畢業。我的這位朋友從事製造業已經幾十年了，同我講起他與他兄弟創業時的艱難，兩眼婆娑，接著說："現在我們要守業，其實更難。成本越來越高，人工越來越高，利潤越來越少。"意思是想讓這兩個兒子來接他的班，守住這份家業，讓我幫助他們。我也不知道說甚麼話，我也不是家庭產業繼承方面的專家，但是想了一想之後，我還是同他說，創業難，守業更難，所有企業都是如此。然而，如果我們能換個思維，你們兩位年輕人不是來幫父親守住這個產業，而是來創業的，情況可能就不一樣，就會有更多的激情和動力，就會從現在這個時代出發來規劃，不僅能守住家業，或許還能有更大的發展。你看，亞馬遜的老闆貝索斯有個習慣，他有幾十幢樓分佈在西雅圖市中心，只要他在哪幢樓辦公，那幢樓就被命名為"Day 1"，這是一種清空自己，使自己保持創業第一天的心態，只有這樣，亞馬遜才能持續保持創新的精神。

人生的"有"與"無"，就像遠處的山巒，有時高，有時低，起伏不定。也像手中的橡皮筋，有時緊，有時鬆，一張一弛。人不可能永遠"有"，也不可能永遠"無"，任何東西不會永遠"有"，也不會永遠"無"。人的一生就是從無到有，又從有到無的過程。

中國傳統文化中的禪宗與道家就是非常講究"無"的，許多有修為的出家人都很懂。有一次，我與一位朋友去杭州的一家寺院，那個寺院的方丈以前認識，看到我們來了就立即去他臥室取來一塊珍藏了幾十年的普洱茶餅，要給我們沏茶，我連忙說："我倆都不喝茶，也不懂茶道，不要浪費這種珍貴的茶葉。"方丈說："我心裡已經'有'了這個茶餅，所以我一定要把它喝了，才能到'無'的狀態，從'無'的狀態，才能再達到'有'。"那天，我們聊了很多有關"有無"的感悟。我同去的那位朋友是個炒股票的高手，他說：
"我炒股票的幾十年最重要的經驗就是要做到'手中有股，
心中無股'，因為如果像大多數人那樣，一買股票，心中就
有股，一心想著它往上漲，你所有的判斷就可能不正確了。
只有當你心中無股，你的思想才是清楚的，判斷才是正確
的。"他的話有道理，不僅買股票，好像買房子也是這樣，
當你買了房子之後的判斷有時會與沒有買房子時不一樣。
所以，放空自己，是何等重要。"無"是一種境界，"心中
無股"這與手中有沒有股票沒有關係，人要有這樣的思想
境界，處事就不會亂，決策就不會錯。

《莊子》是一本講述許多有關"有"與"無"的概念的書。比
如說，在《庚桑楚》中他講到"正則靜，靜則明，明則虛，
虛則無為而無不為也"，人的心正了，才會安靜下來，靜下
來之後才有可能產生"明"，這裡的"明"是指智慧，而智慧
的表像是"虛"，越是光明，心中越是空空如也。"虛"就
是"放空自己"，把自己置於"無"的狀態，就是"置零"。
只有到了這個狀態，人才能"無為而無不為"，此時的精神
狀態是明察秋毫，判斷決策都處於最佳狀態。就像你把你
的胃"清空"了，甚麼東西都可以吃，吃進去甚麼東西都很
香。反之，如果你沒把你的舌頭"清空"，舌頭先吃了很多
麻辣味重的東西，你的舌頭會處於"無味"的狀態，吃甚麼
都不行，也無法有一個正確的判斷。

為甚麼一定要清空自己呢？因為不清空自己你就會有所執著，猶如生根不動，無法隨時隨地往返自在，領悟此時此地的真正要義，作出自己正確的判斷。《金剛經》有一句名言"應無所住而生其心"，我的粗淺的理解也是如此，只有當你有"無住心"，或者說當你處在心清空了，不執著，不糾纏，不貪戀的狀態下，你的悟心才能開始"生"。

"無"的力量不在於征服別人，而在於克制自己。只有當你有了"無"的境界，你才會謙卑，才會敬畏，才會虛懷，才會有前進的動力。也只有在"無"的境界下，你才不怕失去，不會貪戀，才會有進擊的勇氣。所以"無"的心境是成事的第一步。

小時候，聽祖母講過一個故事，從前有個老和尚總是在橋上找人聊天，當人有怨氣有委曲時，他就把背上的布袋拿下來，打開口，對人講："你說吧，我把你的氣，你的委曲都裝在布袋裡，說完你就好了，氣就消了。"等人說完了以後，他就把布袋背上走了。我半知不解地問祖母："那袋裡都是空氣吧？"祖母說："不是的，袋裡很沉，對他說的人愈多，袋裡愈沉。"我又問："那太重了，他背不動，怎麼辦？"祖母說："老和尚有辦法，他每過了橋，就把口袋打開，把過去所有的怨氣全都放掉，清空了後，再去另一座橋找人聊天。"

人生的"有無"也是這樣，當我們結束一段工作，完成一項
研究，畫完一幅畫，就應該像老和尚那樣，放空自己，把自
己置零，只有這樣，我們才能輕裝上陣，趕赴下一座橋。
每天清晨，把自己的心打掃得像一間清空的，敞亮的小屋，
以喜悦的心情迎接從窗口進來的第一縷陽光，朝氣勃勃地
開始新一天的生活。

每天清晨，把自己的心打掃得像一間清空的，敞亮的小屋，以喜悅的心情迎接從窗口進來的第一縷陽光，朝氣勃勃地開始新一天的生活。

祖母的雨傘

這幾天是大學新生報到的日子，一邊是迎，一邊是送，我很能體會家長們的心情，從此只有寒暑，沒有春秋。上大學是一個人成長過程中的里程碑，過了這個點，孩子們逐漸走向獨立，走向成熟，雖說是人生必經之路，也是可喜可賀的，但畢竟要離開朝夕相處的父母、家庭、中學母校和故鄉，悵然之情在所難免。

這讓我回憶起當年離開老家去美國留學的情景。我的老家在紹興城裡，需要坐火車去上海，從上海搭飛機去美國。行前一週開始打包行李，好像甚麼東西都要帶，一隻大箱子裝得鼓鼓囊囊的。臨走前一天的晚上，我與祖母坐在她房間裡，說真的，我心裡最放不下的就是我的祖母，我從小跟她在一起的時間最多，可以說是由她撫養長大的，這一去不知道甚麼時候才能回來，心裡很不是滋味。

我坐在她對面，也沒有看她，只是同她說："我會好好照顧好自己，你儘管放心。"她拿出自己箱子底下的一個小布包袱，打開後，裡面有一些現金，數了一數，記得是 54 元多一點，因為她常年在家打理家事，幾乎沒有甚麼收入，這可能是她所有的積蓄，也不知道她是怎樣存了這些錢。她說要把這 50 元給我帶走，自己留著剩下的零錢就足夠了。我知道這些錢在美國根本算不上甚麼，堅持讓她留著，但最後還是拗不過她，她還是把錢裝進了我的包裡。

第二天清晨，祖母很早就起床了。老家總是這樣，祖母起床後，老家的屋頂上就升起了炊煙，整個家也開始醒了，我們幾個兄妹陸陸續續下樓來，這時候，祖母已經在八仙桌上擺好了"鹽湯"（就是用溫開水沖的鹽水）。每天清晨，我們都先喝一碗鹽湯，然後開始洗漱和早餐。我的一位同學借來了一輛三輪車，把我的大箱子放在上面，我與祖母說："我要走了。"祖母跟著我走了一會兒，自己默默地說："我大概是看不到你回來了。"我連忙說："不會的。"她又慢慢地說："不要緊，男子漢，跑碼頭闖天下，不要管我。"她說得很平靜，也沒有流淚，但我知道她這幾句話是想了很多遍才終於說出口的。她默默地跟著我們送到路口，我們讓她不用再送了，她才停下了腳步。

三輪車走了一段路，我回頭看見祖母還站在那裡，眼看我們就要轉彎了，很快就再也看不見她了，她突然叫了一聲，揮了一下手，讓我們停下來，只見她急匆匆地折回家裡，出來的時候手裡拿了把雨傘，傘是一把摺疊的布傘，在當時可是時髦的玩意兒。她急匆匆地追上來說："把傘帶上吧。"我想這並不是甚麼要緊的東西，可以不用帶的，但還是接了過來。她又叮囑了幾句之後，我們再次啟程，車轉過路口向著火車站去了。

我知道雨傘在美國沒甚麼用，我也知道那天天氣很好，路上用不到雨傘，她遞給我這把雨傘不過是想再看一看我，不想要離開得那麼快！人生有時候就是這樣，很希望突然之間，時間能夠停下來，等一會兒再走。

祖母是我的第一個老師。我記得很清楚，在我上幼兒園之前，有一天上午，祖母在台門口的石板地上搬來一隻大木桶洗衣服，那時洗衣服都是用肥皂，所以木桶裡的肥皂水有很多泡沫，我就在旁邊玩肥皂泡沫。我用肥皂水在地上寫了一個"6"字，我問祖母，我經常看到人家寫這個字，這是甚麼意思？祖母說，這是個數字，是"6"，然後她就順便給我講了1、2、3、4……9。我那時覺得很興奮，覺得很好玩，我又寫了一個"9"字，因為那是"6"倒過來的樣子，只可惜"9"並不是"6"的兩倍。我也很喜歡"2"字的寫法，但又覺得奇怪"5"為甚麼不是把"2"字倒過來寫的樣子。祖母給我講了很多東西，有數位的意思，也有用途，比如說，可以計數量，也可以做序數等等。

祖母也是我的第一個書法老師。有一天，她看我用毛筆在報紙上寫來寫去，很快報紙就寫完了。為了讓我有辦法可以練字，她就去井邊的一個台階上取來一塊多餘的"地坪"，其實就是一種青磚，方方正正的，也很平整，她對我說："你現在可以寫毛筆字了，清水寫，一下子就乾了，這樣不用紙，不用墨，可以一直寫下去。"這塊地坪我用了十幾年，一到房間就想要拿起筆來寫一下，而一上手寫，就停不下來。所以我與書法的緣分與地坪分不開，而地坪是祖母給的。祖母看我不停地寫字，很高興，時不時會走過來誇獎我一下，"這個字寫得好。"她的欣賞是以"穩"為主，只要"穩"的字，她都很喜歡。

因為童年時一直與祖母在一起，所以我和祖母的感情特別深，也正因如此，離開家鄉時我對祖母的依戀就更強烈一點。那天在火車上，在飛機上，我還想著祖母，想著祖母的那把雨傘。現在想起來，祖母就是我童年的一把雨傘，有了她，就不怕風吹雨打。記得文革中，紅衛兵來家裡抄家，黑夜裡恐怖極了，父母都不在家，祖母就是這樣，一

個人擋著一大群紅衛兵，身後是我們四個小孩。多少風風
雨雨，她都是這樣平靜地對我們說："沒甚麼事，馬上都
會過去的。"

祖母這把傘有愛，也有原則。有一次，一位鄉下來的遠親
到我家來，他說現在家裡很窮，又是饑荒年，吃飯都有問
題，所以已經讓他兒子從學校退學了，好去賺點錢補貼家
用。我記得祖母聽完他說話，問道："你們家睡覺有床嗎？"
那人說："有，木板床。"祖母說："我要是你的話，就算把
木床賣掉，也會讓孩子繼續讀書的。小孩子讀書是一輩子
的事。"記得那天我坐在地上，聽他們說話，地上髒，我墊
了一張舊報紙在屁股底下，祖母很嚴厲地說："站起來，報
紙是不能墊屁股的，所有字紙（紹興人稱有文字的紙為"字
紙"）都不能墊屁股。"我後來逐漸明白，那是一種對文字，
對讀書，對知識的尊重。只有當我們對知識和文化有崇敬
感的時候，才會有真正意義上的文明社會，才會有真正意
義上的知識分子。

祖母很多事情都讓我自己試著去做，讀書、買菜、做飯、
甚至縫補衣服。每天晚上，她都講故事給我聽，但有時候，
她沒有新的故事講了，她就會說，你不是在看書嗎，你能
不能把書上的故事講給我聽？於是，我常常把我讀過的書
上的故事講給她聽，因而我讀書的熱情很高，記得也很認

真。有人來信時，她也總是讓我先看，然後唸給她聽，雖然她是識字的，但她總是找機會給我去練習。她處處讓我自己先去做，而且總是相信我能做到最好。有很多次學校考試後，同學們都在我家議論這次考試題目如何困難，祖母從來不出聲，從不問我考得怎樣。有一次，我忍不住問她："你怎麼不問我考得怎麼樣？"她說："我相信你一定考得好。"她就是這樣，永遠是最相信我的，這種信任和鼓勵一直是我努力學習和工作的動力。

祖母是我童年的一把雨傘，是一把不大不小，正好合適的雨傘。雨傘，其實不宜太大，太大了會成為一種不必要的"保護傘"，或者成為年輕人賴以生存的"靠山"，許多高幹子弟和富二代，或者家裡並不很富裕，只是家長特別疼愛，有人稱之為"窮人富養"的孩子，大多都會出現這樣的問題。父母甚麼都給子女包辦了，代替他們去做所有事情，這樣一來，子女們就損失了成長的機會。這樣的家長在現時獨生子女的環境下尤為普遍。前些年我的一位朋友向我諮詢她兒子的大學去向。我實話與她講，她說的兩所大學都不很合適，她問："這兩所大學有甚麼問題？"我說："因為這兩所大學都在你住的城市裡。"她的兒子如果繼續在她身邊生活下去，我看很難會有獨立成長的空間。

父母和家長對於子女，學校和老師對於學生，很像是一把雨傘，教育是否合適，全在於雨傘的大小是否適宜。太小了，子女或學生會過早地受到傷害打擊，可能一蹶不振，在幼小的心靈裡留下陰影。但太大了，給子女和學生是一種溺愛，使他無法經受哪怕是一點點的風吹雨打，這在現今獨生子女家庭尤顯突出。

儘量把這把雨傘做得大一點，儘量地給予子女一些庇護，似乎是很多家長的心願，雖然在理智上都明白不能溺愛子女，但感情上總想盡最大努力來照顧正在長大，或者已經長大的子女。這種狀態使我們的年輕一代缺失了很多磨煉自己心志的機會，缺失了一個年輕人應該有的拚搏奮鬥的精神。有位醫生朋友一直同我講："人是不能生活在太乾淨的世界上的。"因為太乾淨，人的免疫能力就會下降，同樣，當一個年輕人一直生活在安逸單一的環境裡，他就會缺乏堅韌的毅力和包容的涵養。

人生就像走一條山路，做父母的，把孩子送到山腳下，送上一把不大不小的雨傘就足夠了。沒有必要，也不可能陪著孩子走完山路。山路，還是要靠孩子自己去走，去闖，去走出繽紛燦爛的新世界。

我很幸運，我有祖母這把最好的雨傘，她給我愛，給我信任，給我獨立鍛煉的空間。所以當一位記者問我：“你的一生中對你影響最大的人是誰？”我毫不猶豫地說：“是我的祖母。”

祖母，我真希望您能看到這篇文章！

人生就像走一條山路，

做父母的，把孩子送到山腳下，送上一把不

大不小的雨傘就足夠了。沒有必要，也不可

能陪著孩子走完山路。

藏在書裡的醬油

開學了，又迎來一批年輕教師，與他們聊聊上課的經歷，十分有趣，不禁讓我回憶起我教書生涯中最初的一段時光。

我在上大學之前曾在一間鄉村小學裡當代課老師，這間小學是當地比較好的學校，在當時教學活動不能正常進行的情況下，這間學校還兼有培養初中生的任務，這在當時被稱作"戴帽"初中，我在那裡主教數學和英語，在當時的情況下，無論哪科缺老師我們就要給哪科代課，所以幾乎所有課都要上。剛開始上課的時候，在一節初一的數學課上，有一件事讓我印象特別深。

那個班是有名的"亂"班，走進教室，幾乎所有人都在吵鬧，有的甚至還站在桌上、椅子上手舞足蹈，完全不像上課的樣子。我站了大概半分鐘，我想這樣的課怎麼上？於是我大聲地說：「你們現在好像不大想上課，不如你們先把話說完，我在隔壁房間等你們，甚麼時候你們把話講完了，來叫我一聲。」於是我把講義一夾，走到了隔壁房間，那是一個小小的老師休息室，我就在那裡與一位同事下棋。

下了大概十五分鐘的樣子，我回到教室看了看，學生一看到我進來，聲音立刻小了很多，沒有人在椅子、桌子上胡鬧了，但還是有人在說話。我開口道：「你們講完話了嗎？」教室裡窸窸窣窣，還是沒有完全安靜下來，我說：「這樣吧，我再等你們一會兒。」於是我又回到休息室繼續下棋。又等了十五分鐘，我重新拿起講義夾，走到隔壁教室裡，霎時教室裡鴉雀無聲。我說：「你們好像講完了，那我們就開始上課吧。」我就這樣在剩下的十五分鐘裡把那堂課講完了，而且感覺講得還不錯。

這堂課給了我兩個啟示。其一，上課是要有規矩的，這個規矩一點也不能妥協，只有在有規矩的情況下，學生們在課堂上才有注意力，有了注意力，才有教學的效果。其二，上課只要老師能調動足夠的注意力，在很短的時候內照樣可以把課上完。一堂四十五分鐘的課，其實要講的材料大概也就在十五分鐘左右，但通常情況下需要維持秩序，調動課堂氣氛等等，拉拉扯扯也就講完了四十五分鐘的時間。

對於第二點，很值得深入討論一下。有經驗的老師可能都知道，六十分鐘的材料是可以用三十分鐘講完的。因為講的內容，其根本的精華部分，其實並不太多。所以，做老師的應該牢牢把握哪裡是最基本的內容，然後用最簡潔的方法把它表達出來。而做學生的呢？也是類似。聽課或者讀書的學問是如何從一堂大課或者一本厚厚的書中提煉出那些真正精華的部分。

就說一本書吧，你如果能仔細咀嚼一下其中的內容，精華不過是幾頁紙的長短。其餘的大部分內容是甚麼呢？一類內容是"背景"，交待問題的來由、意義等等，這些材料對於作者好像都應該講，但讀者大多已有所知，無須太多留意。另一類內容是"解釋"，詮釋性、過程性、推理性、舉例性的內容，這是為了幫助讀者認識其原理，否則可能會看不懂。再有一類內容是"廢話"，"廢話"分為兩種，一種是"有用的廢話"，一種是"無用的廢話"。從定義上講，"廢話"就是無用的，但我發現有些廢話好像還是有用的，比如說："在某某領導的大力支持下"等表示感謝的內容。在科學技術類論文中，你有時會發現其中引用了大量的數字，仔細一看，其實這些數字與內容沒有太多關係，也不一定是作者的功勞，在人文社科類的著作中有的作者會大量引用歷史上的大人物的語錄和經典，可能是想讓讀者感到更加可信。對於這些內容，讀者大可略去，只顧其關鍵內容為要。

讀書，最為關鍵的就是掌握甚麼才是這本書中的"濃縮的精華"。要了解這個道理，我們不妨來看看寫書的過程。寫書之前，作者會把要寫的內容綱要列出來，然後把每一條綱要內容擴展為幾頁紙的關鍵描述，這些描述就構成了書的每一個篇章。再進一步，把每一篇章的內容加上背景材料、應用案例和結論意義。你看，一本書其實就是從一頁紙的綱要那裡一點一點地稀釋出來的，廣東話叫做"吹水"。書就是這麼"吹水""吹"出來的。這就像我們廚房裡的醬油，只用了一點點，然後加了一大杯水，泡成了"湯"。這碗"湯"就是我們在看的"書"。而讀書則是反其道而行之，讀書的過程，就是如何從這碗"湯"裡提煉出那點濃縮的"醬油"。

是的，每一本書裡都藏著"醬油"。所以我每讀一本書時，都要不時地問自己："這本書中的'醬油'藏在哪裡？"有時找得到，有時找不到。最好玩的是，作者死命不會告訴你他的醬油藏在哪裡。所以只好你自己努力去找，找到了醬油，就算掌握了這本書的要旨。找不到呢？這本書就算白讀了！

常常有學生問我："讀書的學問是甚麼？"我也不知道如何

回答。我只知道，讀書不在於多，就像交朋友一樣，並非越多越好。讀書不在於快，就像吃東西一樣，狼吞虎嚥不利於消化。讀書也未必一定要按照名人所推薦的那些書去閱讀，每個人的情況不同，刻意不得。前一陣在北京的星巴克碰到一位年輕朋友，說想學徐渭的書畫藝術，我看著他左手拿著咖啡，右手握著蘋果手機，我想他很難體會在貧困潦倒中被人逼得半瘋半癲的徐渭，又如何可以企及他的藝術境界呢？凡事不能刻意，讀書亦是如此。

如果一定要問讀書的學問，我可以提供的一點建議就是，對於那些你認為應該精讀的書，你一定要把它讀"薄"，愈薄愈好，最好薄到一頁紙（以上這句話就是本文的"醬油"）。每讀一本書，試著去讀薄它，有時候必須翻來覆去地讀，就像古人所說的"韋編三絕"，從前面翻到後面，又從後面翻到前面，當你逐漸搞清楚這本書的內容的時候，你會發現厚厚的一本大書，其實不過是幾頁紙，有時候甚至只有一頁紙的重要內容罷了。這個時候你就會豁然開朗，就像看到作者在文字間對你神秘一笑，有一種頓悟的感覺。

我做學生的時候，常常用這個辦法對付考試。一般考試之前幾天，把這本課本，連同講義、筆記和作業（已經老師批改），放在我書桌的左邊，右邊放一張白紙，把左邊的材料從頭仔細看下去，看到我認為最重要的內容或者容易混淆的內容，就在右邊的紙上記下來（把它儘量記得擠一點，佔用很小的空間），這樣一直看下去，直到把課本看完，完成了整門功課的複習，所有最重要的內容已經整理在右邊的白紙上了。如果整理的重要內容仍是幾頁紙的話，我會再把它放在左邊，右邊放一張白紙，繼續這一過程，把最重要的內容寫在右邊，直到右邊整理的那張紙上的內容只有大概半頁紙的長短，這個時候，我會再認真地研究這半頁紙上的內容，在考試之前的半小時裡，再看一看它，然後就進考場，進考場時我是很有信心的，因為我知道我掌握了這門課最重要的內容。

現代的書籍越來越多，電子閱讀更是五花八門，但這並不意味著閱讀的品質會有所提高。人的精力是有限的，國外有句名言：「讓對手死去的最好的辦法是給他提供無窮無盡的信息。」讓他在書海裡死去吧！這並不是一句玩笑話，叔本華也說過：「讀好書的先決條件是不讀壞書，因為人的壽命有限。」書海裡死去的不是少數，這就說明讀書要有選擇，要注意精讀。愈是浮躁的時候，愈要相信誠實厚道的人會有更多機會，而愈是貪求快速的世界，愈會有追求精良質素者的天地。讀書，寫書，做事，做學問，都是如此。

讀書就像行山，行山的人有三種，一種人是心血來潮匆匆忙忙去行山，也不找山路，胡亂走了一會兒，倦了，就停下來了。第二種人是找到了山路，走著走著便忘了自己在爬山，一直不停地在山路上走，卻一直走不到山頂。第三種人則是尋著山路，看著路標，一步一步地走向山峰。第一種人看到的是"樹"，第二種人看到的是"路"，第三種人看到的才是"山"。讀書也是這樣，第一種人看到的是"字"，第二種人看到的是"意"，第三種人看到的才是"道"。現代十幾年的學校教育主要是教人如何完成從"字"到"意"的過程，這篇小文則想提醒諸位，在此之外其實還存在另一層次的追求，即從"意"到"道"的過程。

從"意"到"道"是一個"悟"的過程。"道"在本質上是簡單的，沒有像人們所想像的那麼複雜，古人云："大道至簡"。然而，悟"道"並非易事。把書讀薄，找到藏在書裡的那份醬油，無非是想告訴我們，從浩瀚書海裡去悟其本質規律與理論，是有可能的。

愈是浮躁的時候，

愈要相信誠實厚道的人會有更多機會，而愈是貪求

快速的世界，愈會有追求精良質素者的天地。

劈柴的學問

在鄉村，我最喜歡的風景是黃昏時分的縷縷炊煙。夕陽尚未下山，青山腳下，矮矮的村舍屋頂上就開始飄起白色的，帶著原木味清香的炊煙。這炊煙從來不是筆直地向上升去，而是緩緩地，結幫成堆地在山腰上縈繞盤旋。

我剛下鄉時特別喜歡獨自坐在山坡上，看縷縷炊煙，聞著炊煙那股清香。有時候，路過的農友會提醒我："該去燒飯了！"這時忽然覺得自己的肚子開始餓了，要去燒飯了，我的屋頂上也該起炊煙了。

然而，燒飯卻沒有看炊煙那麼浪漫，那麼美好了。

生產隊給我造了簡陋的房子，裡面有灶，可以燒柴和稻草，一日三餐必須自己燒。我搞來兩個熱水瓶，一般中午或晚上燒一次飯，另外兩餐的飯就用熱水燙一下應付過去。來鄉下之前也是看過人家燒柴火灶的，但萬萬沒有想到自己燒起來會有這麼多麻煩。無論燒柴還是燒稻草，火總是一會兒就熄了，再重新引火，燒旺起來後，一會兒又熄火了，這樣燒一頓米飯總會有十來次熄火的時候，前前後後要花一個多小時，有時中午從田畈回來，肚子正餓，連忙燒飯，但飯總是燒不好，一兩個小時後待飯燒好了，菜做好了，肚子卻不餓了，吃飯的情緒也沒有了。更多時候是，燒了一個多小時了，飯還沒燒好，肚子也不餓了，自己對自己說：「今天就算了，咱們不吃了！」

鄰居的老大娘發現我常常不燒飯，就過來同我說：「這樣不行，長久下來是要得胃病的。」她說完立即坐到灶前，吹一下，把柴或稻草一點一點「架」起來，於是火就慢慢旺起來了。燒柴火的容易程度與柴劈得怎麼樣大有關係，劈柴是比燒火更難更重要的事，於是老大娘就開始教我如何劈柴。

我本以為劈柴是件極容易的事，想不到劈了整整半天，只劈了小小的幾根，而且粗粗細細，很不均勻，不容易燒火。中午時分，老大娘來了，她說：「你來看我怎麼劈。」我的天啊！我一看，嚇了我老半天，這麼矮小瘦弱又佝僂著的老人竟然會兩下三下就把一根粗壯的木柴劈得停停當當。我問她："這大概要用很大力氣吧？"她說："沒有，但要把力用到口子上。"

"竅門是甚麼呢？"她說："很簡單，要找準劈柴的位置，要從柴的小頭劈起。"

劈柴為甚麼要從柴的小頭劈起呢？一方面是因為柴的小頭直徑較小，刀刃容易砍進去，而且小頭的木質也會鬆一點，所以容易下手。更重要的是，另外一頭是大頭，大頭比較粗，劈小頭時大頭在底部，就很穩定，力使得進去，也不用花力氣去平衡木頭，劈下去的力更可以直接用在切開的功能上。通常是看準小頭劈柴的位置，一刀劈下去，劈到柴長度的百分之八十的位置，用手把刀柄輕輕一轉，柴的兩杈就輕鬆地分開了，用不了太多力。

當我掌握這劈柴的功夫之後，心裡高興極了，那段時間一有空就想劈柴，自己的柴劈完了，就去老大娘家幫她劈柴。那時村裡的農友老有東西送我，一碗麵條，一袋紅薯，或者幾個雞蛋，我也沒東西可以回贈他們，所以常常會說："你們家有柴要劈嗎？"把柴劈好，再一捆捆紮好，堆在牆邊上，自己看看，蠻有成就感的。有時路過的農友也會誇幾句"這柴是誰劈的？劈得這麼整齊！"聽了這話，我心裡不知有多高興！

多少年過去了，回想起這段經歷仍很感慨。仔細想一下這劈柴的經歷，對我們的處事為人，以至於對我們的工作和學習，都很有啟示。"劈柴"的第一個教訓是，我們做任何事情，首先必須找到一個最佳的切入點。開始從事一項研究也好，開始擔任一個新的職務也好，開始處理一件案件也好，最重要的是確定從哪裡下手，切入點在哪裡。切入點，或者稱作突破口，是極其重要的，找準這個突破口是任何事情成功的先決條件。有時對一個研究課題，你會苦思冥想好幾個月，一點思路都沒有，就像在一個古堡四周繞來繞去，就是進不去，這實質上就是找不到突破口，更多的時候是找錯了突破口，於是只好再回到原地。所以，找到了突破口是成功的一半。

古人講"居易以俟"，就是說在你所要做的事中，選一個容易做的事，從那件事開始做起，以此作為切入點，再去做其他工作，一切就會順利一點，效率也會高一點。一位做基層領導的朋友，聽我講到這點，興奮地對我說，他去年在一個小地方做縣長，就是按照這個思路，先調查了一番，給自己規劃了一個工作清單，先從容易的那件事情做起，效果意想不到得好，群眾社會都很讚賞。因為從容易的事做起，成功的可能性就較大，成功之後自己也會有更大的信心，积累了经验，争取了支持，这些都是可贵的资源，用整合的这些资源来开展之后较难的工作，相对地就容易一点。

有一位从医多年的老中医，我曾经问过他一个问题："对一位身患几种疾病的老人来说，你治病一般先治哪种病？是不是应该先治那种最主要，或者是最难医的病？"他回答道："这要看情况，通常是从病人的实际情况出发，从比较容易治的那种病下手，先把这个病解决了，部分功能改善了，由于人体的各个部分都是互相关联的，一个问题改善了，其他问题解决起来也会容易一点。"这种治疗的方法是典型的"居易以俟"的哲学思想。

"劈柴"的第二个教训是，做任何事情"定位"极其重要。一个人，一个公司，一个学校，都是一样的，如果定位不清楚，或者定错了位，失败是迟早的事情。多年前，一个学生来看我，聊了他当时的工作，讲了半天，意思大概是他工作做得不错，很勤勉努力，领导也知道，而且他做的事是公司其他同级别的高管无法做的，但到年终，他发现几乎所有同级的高管都升级了，而他却不仅无份升级，还有可能丢了饭碗，自己总觉得很吃亏。我仔细了解了他的职务和工作性质，询问了他们公司的评价体系和老板的要求。我最后同他说："还是一个定位问题，你努力在做的那些事情不是你的位置應該做的，即使做得如何成功也不會有獎賞，因為你份內的工作可能沒有做好，重要的不是你努力不努力，而是你的定位有沒有定好。」

《中庸》中講"素位而行"，意思就是安分地做自己那個位置的工作，位置找準了，就有成功的可能，找偏了，找錯了，你盡了最大的努力也枉然。就像劈柴，你找錯了位置，從大頭劈起，對不起，最大的力氣也只是事倍功半。我碰到很多職場新人，論勤奮，論人品，論才能都是一流的，但就是不清楚自己的定位，有的是一開始很清楚，後來忘記了，有的是始終沒有清楚過，所以總是在工作單位很不得志，在我看來根本上就是對自己的定位出了問題。

每個人每到一個地方，無論是公司，或是機關，或者是其他單位，首先必須想到你的定位是甚麼？你有甚麼"Niche"（特點）？你是否有這個公司所需要的核心技術？你是否能夠為公司找到有價值的客戶？你是否能夠整合資源，給這個公司帶來價值？即使你不是新員工，每個人都應該時刻保持"定位感"，時刻提醒自己定位是需要隨時改變的，你如果幾十年做差不多同樣的事情，你對自己的定位沒有變化，而心裡老想著提升級別，那怎麼可能？做副教授，有副教授的定位與職責，做正教授，有正教授的定位與職責，做院長，有院長的定位與職責。世間的工作無論職位高低，收入多少，不分貴賤，但有一點是共同的，那就是要清楚定位，這樣工作才會有起色，才會受到上司下級的尊重。

我在我辦公室外面的走廊上掛著一幅字，上面寫著"素位而行，無不自在，居易以俟，樂在其中"，這對我在劈柴中所學到的學問是一個很好的總結。

前年春節，我重返四十年前下鄉的村莊，特地去找了當年劈柴的地方。當時村裡建了這兩間特殊的小屋給兩位知識青年住，我住了其中一間，我的那間小屋已經不在了，但隔壁的那間小屋尚存，小屋旁邊是我熟悉的小河，河邊斑駁的石灰牆正是我當年堆放一捆捆木柴的地方，教我劈柴的鄰居老大娘，和她在另外一邊的排屋，都早已不在了。排屋後面的那條大江和江上那迎風吹動的蘆葦還在。江的對面，還能看到青山腰裡的縷縷炊煙，睹物思故，當年許許多多的往事就像珍珠一樣，一顆一顆鮮活地跳了出來……那苦難的歲月，不僅讓我學會了劈柴，放牛，種田，也讓我理解了生活的真正意義和處事為人的許多準則。

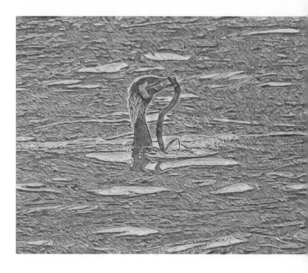

素位而行，無不自在，居易以俟，樂在其中。

浪裡白條

游泳一直是我最喜愛的一項運動，不是因為我游得好，而是因為很容易堅持。雖然我以前也跑過步，打過羽毛球，但都沒有像游泳一樣堅持得這麼好。游泳是一項全身運動，游完後渾身舒暢，吃睡都特別香，而且無須找夥伴，隨時隨地可以安排時間，比較方便，也不容易損傷。所以自學生時代開始，我一直游泳，幾乎沒有斷過。

到美國讀博士期間，游泳更加頻繁。一方面是因為大學的游泳館很棒，四個 50 米的室內游泳池排成田字型，十分壯觀，游的人也不是很多，不像國內的泳池常常人滿為患，站在泳池邊上一看，人就像密密麻麻的蘆葦，哪裡有空間可以游泳。另一個原因是我在那段時間遇到了一位游泳夥伴，這位老兄的游泳技術實在了得，我稱他為"浪裡白條"。

浪裡白條是個清秀瘦高的美國學生，來自美國新英格蘭地區，在理學院唸博士，第一次看到他游泳是在一個晚上，游泳池的人很少，我剛剛要跳下去開始游，卻發現旁邊泳道裡彷彿有個身影，觸壁的一瞬間很快就不見了。這個人游得是那麼輕盈，沒有水濺出來，甚至聽不到水的聲音，幾乎看不到影子，呼地一下子，就過去了，留下一條白白的水道，像一條青煙，消失在藍天裡。那天他穿的是白的泳帽和淺藍色的泳褲，在泳池邊上看，就像一條長長的白鯊，他游自由泳式，所以身體左右稍稍轉動一下，非常勻稱，非常漂亮，我從來沒有看見過這麼優雅的游泳健將。

自那次認識之後，我驚奇地發現我們去游泳的時間總是碰在一起，用同一條長凳，同一排衣櫃，同一個泳池，差不多同時到，同時走，那時沒有手機，也從未約定過時間，能做到這樣，簡直是個奇跡。慢慢地，我發現我倆之所以會在差不多的時間去游泳，大概有兩個原因。

其一，我讀書期間喜歡與一般的同學"反"著來，人家在休息，在玩，在度假的時候，我總是在實驗室工作，而人家在忙著考試，忙得無法參加其他活動時，我常常會有大量時間去做運動和讀閒書。浪裡白條這老兄，不知怎地，也同樣遵照這個規則，人家忙時我們閒，人家閒時我們忙。有一次聖誕節前的期末考試，偌大的泳池只有我們倆在游，我還記得當我倆游完以後，泳池的管理員特地跑過來說：
"我們也可以下班了吧？"

其二，一般人在天冷起來之後漸漸就減少了游泳的次數，
而我因為在國內時已有幾年參加冬泳的經歷，所以天氣冷
起來以後反而更加頻繁地去游，因為這個時候溫差變化大，
停一陣子後去游泳會容易感冒，所以天冷時我會游得愈多。
而浪裡白條從新英格蘭地區過來，寒冷對他來說不算甚麼，
所以，冬天一到，泳池的人愈來愈少，而我倆卻是每天不
斷，天天游。

認識一陣子後，我忍不住問浪裡白條："你怎麼會游得這
麼好呢？"我估計他可能會說"因為我有一個好教練"，或
者"因為我開始游泳的時間很早"，"我每天游很長時間"等
等，其實如果他這麼回答，我可能也並不相信，因為很多
人都有這樣的條件，但哪裡會有他游得這麼好。

然而，他卻始終支支吾吾不回答我。過了很長一陣子，我
倆游完泳去吃"費城牛排"（Philadelphia Steak），門口排
著長隊，趁著排隊的時候，我又問他這個問題，不料，他想
了一想，反問了我一句："如果是你，你想把一種泳式游好
呢？還是幾種泳式都學好？"我說："如果我能學好，當然
想把幾種泳式都學好。"他說，他的父母和教練也是這麼

說的，但他不想這樣做，他想他一定要把一種泳式徹徹底底地學好，學到極致。為此他與教練不知爭論了多少次。他說他在生活和學習中也是這樣，非常專注，只求把一件事做好，做到淋漓盡致，做得完美無缺。我想他是在間接地回答我他為甚麼會游得這麼好，原來是因為他專注於一種泳式。這個回答是我沒有想到的。

在往後很長一段時間裡，我常常會想起浪裡白條的這個問題，我發覺那些在科研上，在人生上，甚至在投資上，做得最好的人，往往不是做得最多的人，而是那些專注地做極少事情的人。就像在武林中，人稱"不怕招招懂，只怕一招絕"，只要有一絕招，憑這一招就可打通天下，無須招招都懂。

"專注"，對於當下生活在"信息爆炸"時代的人們來說是一種奢侈。從前，當一萬條信息到達一個普通市民手裡時已經是滯後多少天的消息了，而且可能已經被篩選過濾到只剩一、兩條信息。而現在每一個人都可以在同一時間看到成千上萬條的信息。這是巨大的財富，也是巨大的災難，每個人似乎都知道世界上任何一個角落所發生的事情。昨天下飛機時，開車的司機還同我大談人工智能的新聞，似乎每個人在這個時代都可以成為百科全書式的人物，否則就是落伍了。

然而人的時間與精力是有限的，如果我們要做得比別人好一點，只有一個辦法，就是"專注"。因為我們所處的時代是個信息大氾濫，知識大氾濫，機會大氾濫的時代。所以"專注"就意味著我們必須捨棄許多世人所津津樂道的機會，捨棄許多世人正狂熱追求的浮華。這種捨棄，對每個人來說都是一番挑戰，因為不願意捨棄是人類的本能，人們總認為捨棄是有風險的，是浪費機遇，所以總想要留下更多。在科研上，我遇到無數的例子，有正面的，有反面的，最後能夠取得成就的總是少數人，大抵是因為他們能夠有勇氣捨棄，能夠心無旁騖，專心致志，精益求精，百折不撓。

我在這十年中被邀請參加過很多所謂的"戰略規劃會議"，有的是大公司，有的是國家研究院，有的是大學。我自己對這類會議的結果都不是很樂觀。這個世界到處都是機會，任何一個單位也好，個人也好，可做的事很多，討論"戰略"的目的是甚麼？表面上看是在一大堆機會裡作出選擇，哪些是應該做的，哪些是不應該做的。實際上是因為應該做的事太多，大家都想做，不願意放棄，因此戰略的本質是選擇，選擇的本質是捨棄，不知道捨棄的結果是甚麼事都做不成。人生並不是每隻球都要打，如果我們努力去打好每一隻球，最後我們可能會精疲力竭，沒有一個球能打得稱心如意。

學校教育也是如此。人們總是宣稱要培養知識淵博的人，但要知道知識淵博並不意味著盡可能地給學生灌輸知識，而是要培養人的品德和能力，這種能力是碰到問題後善於解決問題的能力，所以知識，不在於多多益善，而在於善學。荀子在《勸學篇》中講："鍥而捨之，朽木不折，鍥而不捨，金石可鏤。蚓無爪牙之利，筋骨之強，上食埃土，下飲黃泉，用心一也。蟹六跪而二螯，非蛇鱔之穴無可寄託者，用心躁也。"我認識一位老科學家，出身寒門，幼時喪父，自己也體弱多病，好不容易上了一所不那麼出名的大學，大學畢業的時侯，他對自己說："我的家境一般，身體一般，智力一般，學校一般。如果要在這一生做點成績出來，唯一能做的就是把事情做得少一點。"最後，他集中精力，在三十年中只做了一件事，完成了一項尖端的試驗裝置，填補了一項空白，並以此評上了院士。每次見到他，他都很謙虛，總說自己是一個"非常一般的一般人"。其實，如果一個人能知道自己的"一般"，進而將自己的精力用在最重要的地方，並保持對人生高度的追求，這本身就是"不一般"的。

今年五月份，我有機會故地重遊，特地去看了看那座體育館，還是那個紅磚大樓，還是那幾棵長得高高茂盛的菩提樹，還記得在樹下與浪裡白條分吃一盒披薩的情景，以及他教我吃墨西哥餐時那個狼狽的場面。如果那天時間允許，我真的很想再去裡面游一次泳，那個又冷又爽的感覺，實在終生難忘。這種清冷的感覺就像浪裡白條的問題，時刻提醒著我人生中最重要的不是有多少才華，做了多少事，而是在多大程度上能夠專注，不至於把精力在無謂的瑣事中消耗殆盡。

人的時間與精力是有限的，

如果我們要做得比別人好一點，只有一個辦法，

就是"專注"。

六塊餅乾

那是一個初夏的早晨，下著大雨，我穿著蓑衣在田野裡幹
活，突然間聽見有人在大聲叫我，我抬頭一看，是一位大
隊幹部，讓我立即去公社一趟，我問是甚麼事，他也不知
道。我立即冒雨趕到公社，才知道是讓我去代課，在一所
學校裡教英文和數學。

學校在小鎮後面的一個村裡，學校前面有一條小河，小河
裡長滿了蘆葦，蘆葦叢裡總能看到很多鴨子。學校後面是
一望無際的油菜花田，金黃色的油菜花在陽光下像鋪著金
色的絨毯一樣。我教的是初一、初二的數學和英文，教這
些課程不難，老師們待我很好。同時，我自己不用燒飯了，
可以去附近的一家麵粉廠搭伙，去那裡吃飯和取熱水，還
有大把的時間可以看書。

開始在初一班上課時，我發現有一位坐在最後一排，個子高高，頭髮蓬鬆的男同學，他上課的時候總是注意力不集中，我一盯他，他就注意一點，但過一會就又去做別的事了。我了解了一下，這位同學姓Ｃ，是上一年級留下來的，成績不太好，上課經常遲到，作業經常不交，我看他每天總是捲起褲腳，赤著腳上學，應該是經常在農田裡幹活的。Ｃ同學比班裡其他同學可能年長一、兩歲，所以看上去成熟一點，好像也還蠻懂事的，說話總是笑眯眯的，對老師也很有禮貌，所以我常常與他多講幾句。沒過幾天，他一見到我就遠遠地叫我，很親切的。我當時心裡就納悶：「這孩子挺好的，怎麼就是成績上不去呢？」

後來有一天早上，他急急地找到我寢室來，手上拿著一大把長豇豆，他說是他自己家剛採的，送給我吃。我不能收他的東西，何況我自己也不燒飯的，所以我連忙說：「不用了，你拿回家去。」我看他好像很尷尬的樣子。這時候，一位經常到我這裡串門的Ｈ老師來了，一看這個情況，他就開玩笑說：「噢，你給老師送東西來了！好呀！東西留下，分數是不會給你加的，知道嗎？」他當然是開玩笑的，但Ｃ同學的臉一下子就紅到了耳根，我急忙說：「別開玩笑了，他又不是要加分的。」看Ｃ同學窘迫的樣子，我也不好再推辭，又問了問他最近的情況，臨走的時候，我從抽屜裡取出兩塊從城裡帶來的餅乾給他，他很開心，立刻就放在嘴裡邊吃邊走了。

C 同學的成績開始有所好轉。我上課時也故意多提問他，尤其是那些比較容易的問題，我故意多給他機會回答，他幾乎每個問題都能答得上來，我也很為他高興。緊接著有一次測驗，晚上我在閱卷時仔細看他的考試答案，還真是不錯，有 58 分，與他之前的成績比較起來已經有很大進步了，只是還是不及格。

第二天上午試卷改完發下去了，同學們都爭相看自己的試卷，詢問別人的分數，我特別留意到 C 同學，他一個人默默地看著自己的卷子，看起來悶悶不樂，那天課堂上他沒有以前那麼活躍，低著頭不吭聲。我上課的時候走過他的位置，不經意地發現在他練習簿封面上的任課老師（我的名字上）那裡有一個很大的紅叉，紅色的叉，在那個年代意味著是"壞人"。我心裡一緊，原來他現在把我看作"壞人"了，他大概覺得我是可以"幫"他的，但沒有幫，所以，我一定是個壞人。

之後，我找了幾個同學來我辦公室幫我改全班同學的作業，我故意把 C 同學也叫上。同學幫老師改作業有很多益處，改人家的作業可以加深印象，幫助自己不犯同樣的錯誤。C 同學來是來了，但還是很不開心的樣子。等大家走了之後，我留住他，表揚了他，我説："你的數學進步很快，這是你在學校最好的一次考試成績，是很不容易的。"他沒有説話。走的時候，我從抽屜裡取出兩塊餅乾給他，我説："這是獎勵你的。"他拿在手上，低著頭，也不道謝，離開了我的辦公室。

C 同學的成績一直在進步，可貴的是他上課特別專心，作業也每天按時交了，上課還主動提問，我從心裡為他高興。他也經常來我寢室問問題，似乎已經忘記了以前的事。到了期末考試，他考得非常優秀，我記得是 92 分，我在課堂裡分析試卷後還點名表揚了他，我看他也很興奮，把那張試卷翻來覆去地看。課後我回到自己的寢室，他跟了過來，我又表揚了他這次考試的表現，沒想到他的眼裡閃起淚光，輕輕地對我説："徐老師，我對不起你。"我連忙説："甚麼事？"他説："我在你的名字上打過叉，我在同學那裡説你是個壞人。"我一聽是那件事，連忙説："沒關係的。"我勸慰了他一會兒，又給他拿了兩塊餅乾，我説："你是一個誠實的孩子，我要感謝你。"

那天，他在我宿舍聊了不少，後來我又陪他走出校門，沿著學校前面那條小河，走了很久。正是黃昏的時候，村民們在趕著鴨子回家吃飯，山坡上開始升起縷縷炊煙。我説："你趕緊回家去，把考試卷帶回家，告訴你爸爸媽媽，也讓他們

高興高興。"但他說他爸爸在外地養蜂,終年見不到一面,
媽媽也不會關心他讀書的事,就是告訴她她也不會在乎。
說著說著,他的眼眶裡又湧出了淚水。他說他家很困難,
弟弟妹妹多,現在又是青黃不接的時候,媽媽給小孩們吃的
都是稀飯,一鍋飯裡的米很少,都是一些素菜和蘿蔔,小孩
吃了以後,不一會兒就會餓,就會哭,所以他媽媽總是在吃
完飯後立刻打發小孩們睡覺,這樣小孩就不會哭。所以,他
根本沒有時間去做作業,只能在每天早上上課前胡亂寫點作
業交給老師。我聽了心裡很沉重,從那時開始,我在準備教
案時,總是在課堂上留出時間給學生們完成我這門功課的作
業,這樣學生離開課堂後就不用再多花時間了。我後來在美
國、香港的大學裡教書時也一直是這樣做的。

多年後,我回那個學校時見到了當年的老師們,他們告訴
我,這位 C 同學一直對人家說,我給過他六塊餅乾,說這
六塊餅乾讓他變了一個人。其實我心裡也很感謝他,他不
僅告訴了我許多我不知道的事情,還教會了我應該怎樣批
評和引導學生,讓我真正體會了做老師的快樂。

回顧幾十年的教學生涯,作為一個老師,如何指出和批評
學生不對的地方有時候真的很難。大家都知道,學生要正
面教育,沒有人願意接受批評,莊子云:"世俗之人,皆喜
人之同乎己,而惡人之異於己也。"我們自己也不喜歡聽

人家的批評，然而不對的地方，還得指出來，這對於每一個老師來說都是個挑戰，所以有時候，我常常感到兩難。

教育的本質是甚麼？我的理解是，教育就是讓受教育者重拾自信。這個"自信"尤其在他感到挫折，感到氣餒時更為重要。如何讓他重拾自信呢？我想"尊重"這兩個字可能是最重要的。每一個孩子都有自尊心，這個自尊心是如此珍貴，以至於在任何情況下，我們都不能傷害它。

從前我看過一個故事，說是在日本的兩兄妹，父母早亡，兩兄妹相依為命，後來哥哥投奔一家寺廟當和尚，而妹妹在城裡打工。二十來年後，哥哥成了譽滿全國的禪師，妹妹也靠自己的努力建立了家庭，生了一個兒子。可惜的是，這個兒子好吃懶做，不去讀書，整天結交一些地痞流氓。妹妹給遠方的哥哥寫了一封信，問他能不能幫她教教這個外甥走上正路。這位禪師有一次路過妹妹的城市，在她家住了幾天，妹妹想這下好了，哥哥一定能開導一下她的兒子，可是幾天下來，禪師一句話也不說。臨走時，禪師在門口取鞋子，彎腰繫鞋帶，繫了幾次繫不好，外甥一看，過來幫助舅父繫鞋帶，繫完後，舅父輕輕地感歎道："年歲大了，做甚麼事都很困難，凡事要趁年輕啊！"就是這麼一句輕輕的話，這位年輕人聽進去了，從此痛改前非，蛻去過往的惡習，做出了自己的一番事業。

人的一生就像一隻偏心輪，輪的外圈是正常的圓，而內圈
是偏心的，我們走的每一步就像裝在內圈的軸，相對於路
面，有時候會走高，有時候會走低。做老師的，做朋友的，
我們就是要在他走低時，俯下身子，扶他一把，撐他一把，
給他一點耐心，使他的輪子能夠轉過去。輪子的轉動有外
部因素，比如說路面的環境和外面的動力，也有內部的原
因，比如說偏心輪上如果有足夠大的慣量，自己就能驅動
起來。對一個年輕學生來說，老師也好，學校也好，對學
生這隻輪子的作用，既管外部的環境，又管內部的慣量，
這就是為甚麼我們說教育對一個人的成長是重要的。

我還記得離開學校的那一天，一大早我就背著好幾個大行
李包裹來到汽車站，買票的時候，那個售票員是和我在同
一個廠裡搭伙的，彼此面熟，他告訴我有一位學生已經幫
我買好了票，我吃了一驚，問他是誰，他也不清楚，只說學
生買票的錢都是皺皺巴巴的零錢。我也想不到是誰，因為
班裡很多同學都知道我要走了。等了一會兒，車來了，我
把行李放上車，坐在車上，我往村裡的方向望過去，漫山
遍野是金黃色的油菜花，突然遠遠地看到高高的鐵路上站
著 C 同學，還是穿著那件黑色的衣服，赤著腳，一隻手拚
命地向我揮著，另一隻手牽著他妹妹，妹妹的花頭巾迎風
飄得高高的。

教育就是讓受教育者重拾自信。

這個"自信"尤其在他感到挫折，感到氣餒時更為重要。如何讓他重拾自信呢？我想"尊重"這兩個字可能是最重要的。

野百合也有春天

前幾天，有位畢業班的同學給我發來微信，說想找我聊一聊。那陣子正忙，我好不容易擠出半個小時的時間給她，我說：〝你來吧，但請準備好，有甚麼事抓緊說，因為我時間不多。〞那天，她來時，已經接近中午了，她一進我辦公室，坐下後的第一句話就是：〝校長，我的人生還能走下去嗎？〞我心裡一沉，心想：〝發生了甚麼事了？〞這位同學我雖不很熟悉，但我在學校各種活動中經常看到她的身影，是位有才華，有活力，有人緣的同學，在我心目中是這屆畢業生中非常優秀的同學之一。仔細一問，原來還是因為學習成績稍微低了一點，看到別的同學都相繼申請到了很多名牌大學的研究生或是國際大公司的職位，總覺得自己不如人家，對未來感到極度渺茫。

於是我花了很長時間來開導她，給她講了幾個我從前遇到
過的學生的故事，直到她臉上慢慢露出了一絲笑容。其實
每個人都有自己的弱點，過分關注自己的弱點，會誇大這
個弱點對自己的影響，從而對自己失卻信心，但從長遠來
看，這個弱點或許是極其微不足道的東西。

很多年前，我曾在農村的一所學校裡教書，給初一、初二
年級教數學和英語。有一天上午課間時間，我們幾個老師
都在辦公室，一位男同學急衝衝地闖進來，大叫著："有人
要跳樓自殺了！"我們幾個連忙跟著他跑出去，看到在不
遠處的欄杆旁站著一位女生，是初二班裡的 B 同學，B 同
學很文靜，學習雖然不是最拔尖的，但也還不錯，是個很
懂事的孩子，對老師很有禮貌。一位老師衝上前去把她拉
住，她也沒有掙扎，很順從地被拉進了辦公室。我想她可
能也不是真的要去自殺，但神情還是很迷茫恍惚，看來精
神上受了甚麼打擊。他們班的 C 老師是一位很有耐心的老
教師，就讓她留在辦公室慢慢地開導她。

中午吃飯時，C 老師還在辦公室裡和她談話，但也找不
出甚麼原因，B 同學始終不說話。午飯後，C 老師讓
她坐在他旁邊的椅子上繼續聊，我的桌子就在 C 老師旁
邊，因而我能聽到他們在談些甚麼。那天的陽光很好，
照在我臉上暖洋洋的，窗台上的知了大聲地叫著，我聽

著聽著，不知不覺就睡著了。

等我醒來時，隱隱約約聽到他們的談話好像有了進展，我不禁豎起耳朵，發現事情原來是這樣的：這位女生喜歡上了班上的一位男同學，但是那位男同學並不在意，後來她發現這位男同學喜歡另一位女生，因為他喜歡留長髮的女孩子，而她是短髮的。我閉著眼睛聽他們說話，心裡覺得又好氣又好笑，這孩子為這麼一件事要鬧自殺，真是犯不著。Ｃ老師對她講了很多大道理，"你年紀還小，學習是最重要的，以後可以找到更好的男生……"但是好像還是說服不了這位Ｂ同學。聽到這裡，我真有點忍不住了，我睜開眼睛冒出一句話來："你這短頭髮是可以長的呀，過幾個月就會變成長頭髮的呀！"他們兩位都吃了一驚，接著，Ｂ同學緊緊地盯著我看了很久。下午的課開始的時候，她主動說："我想通了，不會鬧了，我想回教室去上課了。"

事後我想，這孩子怎麼會這麼笨呀！連頭髮是會長起來的都不知道。但過後想來，可能並非那麼簡單，人，尤其是青少年，一旦碰到挫折和失敗，就傾向於把這個失敗的影響力推到極端，無窮地放大，放大成為自己人生最重要的事情。這種放大，是一種凝固式的放大，看不到事物都是在變化的，看不遠，看不寬，會把自己鎖在那個放大了的失敗裡面，走不出來，於是就產生了許多傻想法，再極端一點的就會去尋短見。

那麼，如何才能從這個死循環中走出來呢？我在美國教書時遇到過這樣一位學生，我們就叫他 D 同學吧，D 同學來自紐約州北部，非常出色，大三的時候上我的課，後來一直跟我在實驗室做 senior project（畢業論文），他是我們學院那一屆裡最好的學生之一，不僅理解能力好，程式設計快，動手能力強，而且個性特別好，總是樂呵呵的，同學老師們都很喜歡他。他同我講，他有四輛車（一個在校的本科生有四輛車，對我們的學生來說恐怕是無法想像的），都是朋友給他的舊車，常常是朋友的舊車壞了，他幫他們修好，朋友就說反正他們家的車多，你就拿去用吧。我說你要那麼多車幹甚麼？他說，其實這四輛車都是不一樣的，比如說，他有一輛大卡車可以載貨，朋友們每年都要換宿舍，要搬家，他就可以用這輛車去幫他們搬家。另外，朋友的車常常會有"罰單"，但又窮得付不了那麼多罰單，他就會把他多餘的車牌給朋友們用，這樣朋友們就可以繼續開車而不用擔心付罰單的問題了。明顯地，他是個處處為朋友著想的樂天派同學。

有一天晚上，我們都在實驗室為第二天的一個重要的項目評審做準備。晚飯的時候，一位學生一不小心把實驗室裡的裝置摔壞了，機器人在空間實驗室裡發瘋一樣地亂撞，我連忙讓大家切斷電源，這個時候離第二天的正式展示時間只剩下不到十個小時了，想到我們會在那麼多重要人物面前出醜，心裡很是著急。這時候，D 同學去外面端了一杯咖啡送到我面前，笑眯眯地說：〞請您放心，我們一定能夠把它恢復起來！〞我疑惑地看著他，心裡想：〞這位年紀輕輕，本科還未畢業的學生，是甚麼東西讓他這麼鎮定，這麼自信的呢？〞

這件事過後，我請他吃飯，我問他：〞你的個性怎麼會這麼好呢？〞他慢慢地說：〞其實我曾經是一個很自閉的人，有過兩次自殺的經歷，都是在醫院裡搶救回來的。〞於是，他給我講了他童年的故事。第一次自殺發生在他父母鬧離婚的時候，晚上吵得睡不著，半夜裡彷彿聽到父母在爭論，離婚的原因是由於他的存在。他想，我怎麼這麼倒楣，我的出生為我的父母帶來這麼大的不幸，我還不如不要活下去的好，於是去偷了母親的安眠藥。第二次是發生在若干年後，他母親決定改嫁的時候，他覺得身邊唯一的一位親人也要拋棄他，他覺得他在這個世界是那麼的多餘，於是就去尋短見。

他是從讀寄宿中學的時候開始走出童年陰影的。他突然發現，這個世界除了他自己的家以外，還有那麼多人，那麼多愛著他、關心他的人存在。他開始與宿舍裡的人交朋友，與老師交朋友，開始去做很多志願者的工作，開始感到自己是很有用的，能夠幫助很多朋友解決他們不能解決的問題。

是的，為甚麼人在挫折失敗的時候會感到悲哀，以至於輕生呢？我想這主要的原因是"看不遠"。那位 B 同學是因為在時間軸上看不遠，看不到自己的頭髮還會長長的，那麼 D 同學是因為在空間軸上看不遠，看不到除了他家裡人以外世界上還有更多的人，更精彩的事。

人生是漫長的，遠遠比我們想像的要長，在這個漫長的旅途中，崎嶇、坎坷、曲折是難免的。當我們碰到挫敗時，一定要學會向前看，向遠看，相信世界是在變化的，春天一定會到來。我們要把自己的衣服整理得乾乾淨淨，莊重自己，相信自己，感恩上蒼又一次給我們帶來成長的機遇。

山坡上的野百合，用不著去羨慕那些在精緻典雅的廳堂裡擺放著的鮮花，我們只要耐得住寂寞，只要能堅信自己的力量，就一定能夠等到春天的到來。

"冬至過後一陽生"，神仙湖的春天來得特別早。我想沒有一個冬天不可逾越，也沒有一個春天不會到來，我們每一株野百合都會等到一個明媚的春天！

當我們碰到挫敗時，

一定要學會向前看，向遠看，相信世界是在變化的，

春天一定會到來。

鬆而不懈

前一陣子，同學們都在忙著各種各樣的面試和考試，有不少同學來找我詢問是否有甚麼"錦囊妙計"。同時，不少高三畢業班的同學和家長也都紛紛參加各種"高考工作坊"，準備一場命運攸關的考試 —— 高考，有不少家長也來問我："如何能在高考中發揮得更好？"

面對這些詢問，我想了一想，我能提供的最好的建議是 ——"鬆而不懈"。面試也好，比賽也好，臨場前也好，準備階段也好，一定要放鬆自己，"鬆"才能最好地表現自己。但是，"鬆"又不能"鬆懈"。人一旦鬆懈，甚麼事情都辦不成。然而，做到"鬆而不懈"並不容易，這要靠平時的積累，與自身的習性、意志、情操和思想方式也都有關。

初學太極或者氣功的人都知道，放鬆是最基本的，師傅總是不停地説"要放鬆，要放鬆"。你也知道"放鬆"很重要，但就是"鬆"不下來。一場考試或一個重要活動之前，要放鬆那就更難了。為甚麼放鬆這麼難呢？主要還是因為你把這件事想得太重要了！"緊張"的根本原因是我們在心理上過分放大了所面臨的這件事情的重要性。

其實，每一個人，都是很容易把事情的"重要性"放大的。尤其是當一件事情，無論是對個人、對家庭、對公司或對國家，大家都覺得重要時，這種重要的程度就會被無端地誇大起來。因為當你覺得這事很重要，與旁邊的朋友一討論，他也覺得很重要，所以你馬上就在心理上提高了這件事的重要指數，再與其他朋友討論，亦是如此。一而再，再而三，這樣下去，你就愈來愈覺得這事真的重要至極。

你可以做個實驗，先閉起眼睛，想一想，此時此刻你認為最重要的事情是甚麼？然後再想想，這個事情有多重要？然後，再問問自己，這個事情真的有那麼重要嗎？我們來看一個例子，現在有很多朋友在微信上發諸如養生、節食、素食、減肥之類的帖子，我也覺得很有必要，現在的物質太豐富了，好吃的東西太多，自己要經常留意，不能吃過量之食，素食我也很喜歡，自己也經常吃。但看到周圍有的朋友似乎在這方面又過於執著了。我認識一位老年朋友，成功地控制飲食，他妻子說，讓他吃一塊肉，簡直像是讓他去死一般，一年內瘦了幾十斤，看上去骨瘦如柴。一年後碰到，我同他說，我在德國的一位朋友比我懂養生，他覺得老年人還是應該有點肌肉的，說過這個話後兩天，他馬上來告訴我，他現在開始吃肉了，爭取胖起來。我聽了真是哭笑不得，人的生活怎麼可以這麼刻意呢？注意，我不是說節食、素食不重要，我是說這些都是重要的，但可能沒有你想的那麼重要。

另外一位朋友，是位搞工程科學的老專家，腸胃不太好，醫生叫他喝粥，他喝了一陣子粥後，感覺效果不錯。有一天，我們在北方的一座城市開會，那天晚餐上沒有粥，餐館是一家麵食館，找不到粥，他好像面有難色。第二天早上，我看他臉色很是憔悴，他說一個晚上沒有睡好覺，胃炎又犯了，整個人望上去就像個病人似的。我也不好說他，但我心裡想，喝粥是好習慣，但有這麼重要嗎？難道一餐不喝粥人就一定會生病？

這幾年我觀察過周圍很多人很多事，我發現，不論中外，不論男女，不論老少，普遍會把一件自己認為重要的事情想得過分重要了，子女上大學是如此，賺錢是如此，加工資是如此，發表論文是如此，健身是如此，不勝枚舉。所以，我常常想，當我們碰到重要的事情時，是不是應該先想想這事有那麼重要嗎？或許，乾脆把那個重要程度"校正"一下，把你認為重要的事情的重要性去乘上一個 0.7 的係數，這樣所得出的結果才更客觀，才更接近你對這件事所應該持有的看法與態度。

把事情想得過於嚴重，會產生過多的壓力。這些壓力就像你旅行中的行李的重量，太重了，你無法走快，無法走遠，你人生的路會走得愈來愈沉重。

去面試之前，你可以做一些準備，但你不要把這場面試看作生死攸關的大事，好像沒有拿到這份職位你就會活不了一樣，你就想："大不了我拿不到這個職位，那又怎麼樣？"金庸小説中的東方不敗，後來卻是常常失敗，因為取勝的心太切。再後來他改名為東方求敗，於是他就得勝了。原因很簡單，他那個時候放鬆了。人一放鬆就會顯得自然，就有可能得到古人講的"勢"，就可能因勢利導，因為"勢"是自然的，而且可以運用它的自然性。韓非子講"勢"："飛龍乘雲，騰蛇遊霧"。人一緊張，"勢"就走了，就像雲霧一散，龍蛇與蚯蚓就差不多了。

為甚麼人一放鬆就會把自己的智慧發揮出來呢？這件事我想過很久，直到最近看了一些古籍文獻才開始慢慢有所領悟，在這裡就和大家簡單地分享一二。人的智慧分為兩種，第一種智慧是在頭腦裡的，我們暫且叫他"頭腦的智慧"，就是我們通常所指的有關記憶、邏輯、判斷、知識等等，這些東西是由後天，在學校內，傳授和練習所獲得的東西，有時道家的書上將之稱為"識神"，即是通過"知識"所達到的"智慧"。"知識"兩字，都有"口"，"知"是由"矢"（弓箭，古時候指傳輸工具）和 "口" 組成的，意思是可以通過口來傳授的東西。"頭腦的智慧" 是由後天的教育和練習所得到的 rational（理性）的東西。

人還有另一種智慧，我稱之為 "身體的智慧"。舉個例子：你在演講時，一位朋友遞給你一杯水，你說 "謝謝"，伸手去接那杯水，當你接到水時，突然發現這杯水是滾燙的開水，你會尖叫一聲，放開手，水杯就掉在地上了。整個過程，是手上的智慧告訴了你應該這樣做，沒有經過任何頭腦的思辨活動。其實我們身上各處都有智慧、有豐富的傳感，豐富的知覺，豐富的智慧，古人稱為 "元神"，是人的本元的東西，我們稱為 "直覺"，或者 "頓悟"，或是 "靈性"，就是這類東西，有時聽上去很玄，但仔細思考起來，還是非常有道理的。元神是與生俱來的、原始的、屬於人的生理的基本屬性的東西，是人的智慧的一個重要部分，甚至可以說是最重要的部分。

當然，"頭腦的智慧"（識神）與 "身體的智慧"（元神）是有關係的。我的理解是這種關係近乎成 "反比"，識神愈伏，元神愈顯，意思是當我們過分思考，過分緊張，識神一直在主導著我們的行為時，元神會退後，甚至會隱去，或暫時消失。反過來，如果我們放鬆自己，"心" 歸於 "息"，心息相依，元神就會上來，人身體本來的智慧就會更好地發揮作用，你會感到你就是你自己，會自然而然地回答各種問題，你的靈動性就會發揮出來。你順其自然的態度、主動活躍的感覺、誠實靈活的反應，都能體現出你自己的那種自信與自在，這就會感動面試官，使大家感到你的出眾的優秀。而所有這一切的前提是，你必須"鬆"下來。不放鬆，你自身的靈動力是發揮不出來的。

智慧是一種彈簧力，你愈緊張，頭腦繃得愈緊時，智慧是出不來的。

每個人都會碰到緊急的時候，危難的時候，困惑的時候。正是在這種時候，你才更需要放鬆自己，只有當你放鬆了自己，你身體的智慧才能幫助你，保護你，把你自身的優勢發揮出來。有一次我在美國爬山，在往下走的時候，突然發現前面的一段山路非常陡。我連忙對自己說"不能緊張"，我發現自己的腳馬上就讓腳尖落地，快速輕盈地跳著往下走，身體自然往後傾，十幾秒鐘後就站在比較安全的地方了。這種經歷我們每個人都有，危機的時候，第一件事就是放鬆自己。

"鬆而不懈"的另一個方面是"不懈"。"不懈"是一種精神，在面試、在比賽之前，這種"不懈"的精神使你能表現出那種頑強不屈的韌勁，那種執著上進的意氣。你並不是隨隨便便、鬆鬆垮垮地在回答問題，相反，你對每個問題都很認真，都一絲不苟，咬住每一個問題，盡力把它做好，這種精神，是在考試和比賽中得以制勝的法寶。

當然，"不懈"的精神是在平時養成的，堅持你認為應該做的事情，持之以恆地一直做下去，永不言放棄，只有這樣才能有所收穫。在我們的學習工作中會碰到無數非常優秀的人才，許多是自學成才的，靠的就是每天堅持自學的精神。我們去一家農場或者一家工廠，常常會發現這裡最厲害的工程師、農藝師可能連大學都沒唸過，再仔細觀察他，為甚麼這麼厲害呢？答案很簡單，那個出色的工程師、農藝師常常是非常好學的，每天積累一點東西，日復一日，年復一年，積累下來驚人的知識與才能。古人講"不積跬步，無以至千里；不積小流，無以成江河。騏驥一躍，不能十步；駑馬十駕，功在不捨"，"鍥而捨之，朽木不折；鍥而不捨，金石可鏤"。只要我們能堅持不懈，世界上沒有不能征服的困難。

所以，"鬆而不懈"不僅是面對考試、面試時應有的態度，而且應該是貫穿在我們平時的學習工作中的一種精神。一點點的積累是可以成為巨大財富的，每天積一點，學一點，成長一點，任何一個人都能成為聖人。人的一生很長，但每個人對自己人生的長期目標常常定得太低，所以走不了太遠;但對短期的目標常常定得太高,所以時常失望。

"鬆而不懈"是一種人生態度,既有超脱的一面,又有積極的一面;既有順天命的一面,又有盡人力的一面;既有虛懷謙和的一面,又有自信堅強的一面。只有這樣,我們才能在人生的大風大浪前,懷著寧靜而喜悦的心情,從容地走出一條自己想走的道路來。

"鬆而不懈" 是一種人生態度，既有超脫的一面，又有

積極的一面；既有順天命的一面，又有盡人力的一面；

既有虛懷謙和的一面，又有自信堅強的一面。

擺渡人

我下鄉在一個臨大江的小村，江的對岸是一個小鎮。所有的交通工具包括大車、汽車都必須從小鎮出發步行幾里路才能找到車站。小鎮又是公社的所在地，這在當時是農村最基層的權力機構，因此有很多的會議在那裡舉行。這樣，小鎮就成了周邊很多村莊的活動中心，雖然小鎮其實就是一條只有幾家店鋪的小街，但當時還是挺熱鬧的。

從村裡到小鎮去，中間隔著一條大江，當時沒有橋，必須靠擺渡。擺渡人是我們村的一位老人，他每天的工作就是擺渡，計我們村的工分。因為日曬雨淋、日夜兼備、工作辛苦，村裡允許他對每位渡河者收費兩分。這位擺渡人，大家都叫他 S 叔，個子較高，有點駝背，人還是挺壯實的，細細的眼睛，臉上沒有表情，比較沉默寡言，常常是在他船上和他講不過一兩句話，即使他同你說話，眼睛也是看著大江，望著遠處，一副愛理不理的樣子。S叔總穿著一件黑色的舊棉衣，可能是因為年歲較大，或者是因為渡口的風緊，他總是穿得比別人要厚一點，特別的是，他腰上總還繫一條紅花的圍裙，有點像人家主婦燒菜時用的那種短的圍裙。這圍裙顯然不是他自己的，不知是哪裡拿來湊合著用的，渡口的風大，把身上近肚子的部位緊緊圍住，是擋風的一個好辦法。我在下鄉時也是深知其中的道理，只是這個紅花圍裙與S叔那副木然的老農樣子，似乎很不相配。

S叔有個兒子，年紀比我大幾歲，長得高大壯實，臉長得與他父親很像，細細的眼睛，但比他父親開朗多了，常常笑眯眯的。他兒子有時也會來替他父親擺渡，坐在他兒子的船上，大家的話就多一點，一般總是一句話開始，"今天你替你爸爸來了！""是啊，讓他歇會兒。"他兒子有一隻小小的收音機，這在當時是很珍貴的東西，品質不是太好，找過我幾次，幫他簡單地修一下。

時間一久，我才知道他母親在他很小的時候就過世了，所以S叔既當爹又當媽，把兒子拉扯長大，確是很不容易的。因為很早就喪妻，生活又那麼艱辛，所以S叔的表情總是很木然。但他又是很有善心的人，我遇到過幾次，當人們都圍在渡口爭先恐後地想要上船的時候，他總是一臉嚴肅地說：「小孩和婦女先坐船。」這種時候，即使有村幹部在等，他也是不留情面的。他還有一個特點，就是總能記住村裡哪個人今天渡船去小鎮了晚上還沒有回村，哪怕再晚，他總會在那裡等著。

有一天，早春季節，田野裡的油菜花已經開了，我從公社開會回村，走著走著天就黑了，村裡的人睡覺很早，從江的對岸向村裡方向遠遠望過去，黑壓壓得像一片墳地，看不到一絲燈光。風很大，我想今天糟糕了，這麼晚了，如果沒有渡船我可回不了村了。到岸邊一看，那個方頭的渡船還在，斜漂在水面上，很像「野渡無人舟自橫」的樣子。S叔不在船上，我心裡有點慌，我想他或許不知道我會回來。再一想，渡船在，說明擺渡人應該在的。等了一會兒，S叔走過來了，我趕忙謝謝他，他也不說甚麼，讓我上船後，他就開始撐船。

那天晚上的風實在太大了，搖了十幾分鐘，船駛出大概幾十米的光景，整個船就原地打轉，幾乎不前，根本搖不動了。而且因為浪很大，我無法坐穩，站著更加不行，於是就爬到S叔旁邊，蹲著，他身旁的那盞風雨燈，也被吹滅了。一個大浪過來，整個船就像要翻倒一樣。S叔緊緊抓住我，低聲說了一句「沒事，坐穩。」再過了十來分鐘，我看他緊鎖著眉頭，說：「咱們回去吧。」意思是不要強行過江，我當然只能聽他的。好不容易回到原先的岸邊，把船繩繫在岸邊的大石頭上，我倆坐在渡口的茅草房裡，S叔重新點亮了風雨燈，開始抽煙了，我靜靜地坐在他身旁。

他是個不愛説話的人，我們倆就這麼靜靜地坐著。我説："這兩天看不到你兒子，他上哪去了？"他沒有吭聲，過了一會兒説："你可能不知道，他去鄰村'進鎖'了。""進鎖"在紹興話裡指的是過女方的門，做上門女婿的意思。"啊！他結婚了？！"我由衷地為他們高興。S叔表情依舊木然，沒有喜氣，淡淡地説："以後就不來了，渡船很辛苦，那個村裡生活好一點。"再後來，他有點感慨地説："我這裡就像渡船，他媽媽十二年前過世，我把他拉扯長大，現在給他送上岸了，有好的地方去了，也了了我的心願。"

我突然明白了S叔悲涼的心情，我也找不出甚麼話可以同他説，那個時候，我很想遞給他一支煙抽，但我身上沒有煙，我是不抽煙的。

過了許久，風小下來了，但雨下得很大，S叔從茅屋裡拿出一領蓑衣，應該是他兒子平常穿的，他讓我穿上，我們就慢慢地搖著船，回村裡去了。

後來，我去外村教書，偶爾回村時還會坐S叔的船，但再也沒有見到過他兒子。

其實，現在想來，人生很像擺渡，我們的一生中要經過很多次的擺渡。起初時，家就是我們的渡船，父母把我們接上船，拚命地抵擋著風雨，把我們送到對岸。後來，學校也是我們的渡船，老師把我們接上船，從一個個不懂世事的毛頭小子蛻變成知書達理的成年人，把我們送到稱之為"社會"的岸邊。我們的父母、老師、朋友、上司甚至是路人，都可能是我們某一段重要旅途中的擺渡人。

每個人在自己的一生中會遇到無數個擺渡人，同時，也會為無數個其他人擺渡，這個擺渡的過程，就像一條鏈子，一環接著一環，生生不息，隨同著時代的潮流，一直向前走去。

是的，我們的家，是最早的，也是最重要的"渡船"。我們的父母含辛茹苦把我們培養成人，再送我們上大學，從此回家變成了偶爾的探親。我自己就是這樣，上大學之後，回老家愈來愈少，後來到了大洋彼岸，那時交通不便，回家更是難得。到後來，每次我回到老家，見到父母，他們的第一句話總是："你甚麼時候走？"這句話聽上去很平常，但其實很難回答，我知道他們不願聽到我真實的答案，即使我明天要走，也不能這麼說，但我也不能騙他們，所以，很是為難，總是支支吾吾，想辦法把問題含糊一點。有人說，當兩個人一見面就擔心將要分別的時候，可能說明這兩個人已經愛上了。我的父母對我就是這樣的，他們總擔心我要走，好不容易盼到見面的一天，又要走了！

再過兩個月，就到了大學一年一度的畢業季，我校的第一屆本科生就要離開學校了。這批學生，因為是"黃埔一期"，所以感情就格外深一點，我幾乎都知道他們從哪裡來，現在怎麼樣。他們每一個人的檔案都在我辦公桌左邊，四年沒有放回過抽屜，因為我要時不時地看看哪位同學的狀況。現在，很快就要畢業了。昨天，在校園裡見到一位同學，她在老遠的地方就同我打招呼，我看到她感到都快認不出來了。我還記得她來報導時的樣子，碎紅花的衣服，旁邊跟著一大群人，我問她"這些都是甚麼人"，她有點驚嚇，都不回答我的話，後來才知道，那是她的爸爸、媽媽、奶奶和小弟弟。一看就知道這是個農村家庭，是坐了十幾個小時的火車過來的。把這位同學送到我們這樣的大學，當然是家裡的一件大事。我記得她爸爸同我說："我把孩子交給你了。"

是的，他們的渡船已經到岸了，這孩子坐上了我們的渡船。

時間過得真快，現在這位同學就要畢業了。我問這位同學的去向，她説她已同時收到一所美國的和一所英國的著名高校研究生錄取通知書。我心裡著實為她高興，我問她："你甚麼時候走？"

當我説這句話的時候，心裡不禁"哎呀"一聲，這句話怎麼這麼熟悉？怎麼現在就到了我説這句話的時候了？

朋友，你別笑，每個人都有這個時候。因為，我們每個人都坐過別人的渡船，同時也為別人撐過渡船。

也許，從整體講，人生就是一次擺渡，大家擠在一條渡船上，有時歡笑，有時爭吵，不一會兒，到對岸了，大家都匆匆忙忙上岸各奔東西，走自己的路去了。

人的生命是有限的，就像擺渡的時間是有限的一樣。沒有永恆，但我們可以有追求永恆的態度，正像大江口的渡船，一代代擺渡人。感恩每一位渡過我們的人，再努力地去渡別人。渡船，渡人，生生不息，這就是人間追求永恆的尺度。

我現在還記得我最後一次坐 S 叔的渡船的情景。那是一個早晨，送我的一批農友早早地把我的行李鋪蓋搬到渡口，上了船後，S 叔問我"今天就走了？"我説："是。"到岸後我給了他兩分錢做船費，並向他道謝，誰知他一定不肯收。

我知道 S 叔是全村公認的小氣鬼，村民們説他平常不肯接人家一支煙，就怕村民們借此不付他的船費。我知道這船費對他來説特別重要，所以，我想還是應該付他。然而，這回他可是死命不肯收我的錢，來回爭了好幾次，最後我也只好順著他了。

我背起行李，離開渡口，回頭望了望對岸我的那個村莊，縷縷炊煙從村子裡黑黑的屋頂上縈繞在半空，跟雲彩連成一片。我又看了看 S 叔，他站在方頭的渡船上，還是穿著灰裡的棉衣褲，腰上圍著那塊紅花的小圍裙，一手護著船櫓，一手揮動著他的竹編的帽子，在與我道別。

感恩每一位渡過我們的人，再努力地去渡別人。渡船，

渡人，生生不息，這就是人間追求永恆的尺度。

拍手

一年一度的畢業典禮，如果沒有其他重要活動，我一般都
會去參加，不是因為喜歡熱鬧，主要是想為學生們喝彩。
大學生們寒窗四年，終於熬來一個畢業紀念日，不容易。
如果有我的博士生畢業，更覺得應該來為他們見證這個歷
史時刻。何況，有時名譽博士的講演極為精彩，也是聽聽
這些智者宏論的大好機會。所以，我常常參加畢業典禮。

每一位畢業生上台，在台上就座的我們，都要拍手鼓掌
以示祝賀。一開始還行，等到五百名之後，實在有點悶
（boring），初時響亮的掌聲不再了，有時稀稀拉拉，有時
前後不一，坐在台上的我，此時甚感不安，一個偌大的台
上只有兩三個人在拍手⋯⋯於是我對自己說，我必須繼續
拍下去，否則場面很尷尬。

拍啊拍，單調沉悶中我有時會環顧一下台上其他教授們，究竟還有誰仍然在拍手？幾次觀察之後，有一個奇妙的發現：凡是一直在拍手的人，大都紅光滿面，神采飛揚，至少看起來身體強健，跟年齡似乎無關。我心裡不禁想，哎呀！拍手還是一個很好的鍛煉呀！於是繼續拍手，為那些畢業生們鼓掌喝彩。

後來，偶然在書店看到一本書，名叫《拍手治百病》，是一位名中醫多年診療的經驗心得。翻了一下，大致的意思是十指連心，生命的歲月就在人的手掌之中。手掌連結心包經、肺經、心經、大腸經、小腸經、三焦經等許多經絡。每天拍打，使全身的經絡通暢，氣血通暢，可以改善心肺神經功能，也有益於調節消化呼吸系統，提高免疫力。乾隆皇帝曾經有一首詩"掌上旋日月，時光欲倒流，周身氣血清，何年是白頭？"不用太深的醫學知識，我已十分臣服，恨不早讀此書。

想來十分奇妙，當我們努力拍手為人家的成功喝彩的時候，自己也會倍有裨益。這大概就是"仁者壽"的道理，懷有仁愛之心、胸懷寬廣的人容易健康長壽。

後來大概是因為年歲增添，資歷加深的緣故，需要在不同場合拍手的機會也越來越多，有時幾乎覺得拍手也成了一種"工作"。無論是為人捧場，亦或者工作需要，端坐台上，於眾人當中，無需講話，也無需表演，只是"拍手"，為領獎的人們拍手，為精彩的發言拍手，為重要人物的亮相拍手……

以前有人講，人的一生中要做兩種工作，一是要"演戲"，不論是做經理、科長，還是做老師、校長，都要進入角色，有時演主角，有時演配角，有時演丑角，都要努力演好。二要"看戲"，人不能總是演戲，那太累了，看看人家演戲也很不錯，但看戲要有好的心態，不要指手畫腳，要努力做好"觀眾"。我現在發現，還有第三種工作，那就是我前面講的"拍手"。拍手者，既不演戲，又不看戲。但也可以說既在演戲，又在看戲。有時覺得很悶，有時也覺得很值。人家付你工資，你無需動腦，動體力，只要"拍手"，這還不合算？所以，拍手者，於身、於心、於人、於己，都有益！

當年我去鄉下務農時，村裡派了一個建築隊去省城修建房子和圍牆，我在那裡做最底層的建築小工。那是個悶熱的夏天，有時可以在陰涼的巷裡階石上坐一會兒。偶然中發現街旁有一個很雅致的書房，書房的主人大概比我大十來歲左右，總是低著頭在看書。出於對書的渴望，我常常盯著書房看，不久，那個書房的主人也注意到我，邀請我到他書房裡坐一坐。當我邁進他書房的時候，我呆住了，這書房的主人是沒有下肢的……但他那麼樂觀地追求學問，實在讓我感慨不已。就這樣我們時常聚在他的書房中聊哲學、聊文學、聊科學、聊建築……離別那天我去找他，他不在家，可能去醫院了，我就寫了張紙條塞進他房間。回到鄉下後，我收到他的來信，我還記得在信的結尾他是這麼寫的："記住，你是一位有前途的青年人，雖然我沒有腿，但我有手，我要用我的雙手為你拍手喝彩……"在我最艱難的日子裡，在我最需要鼓勵的時候，是這位只有一雙手的人為我拍手喝彩的。

人是需要鼓勵的，在這個世界上，每個人都需要喝彩。如果你的人生無人喝彩，請不要悲傷，不要懷疑，從今天起，開始為別人拍手喝彩，為別人點讚，如果我們經常為別人拍手，離別人為我們拍手的日子就不遠了。

　　從今天起，開始為別人拍手喝彩，
為別人點讚，如果我們經常為別人拍手，離別人為我們
拍手的日子就不遠了。

責任編輯	楊克惠
書籍設計	林　溪
排　版	李莫冰
印　務	馮政光

書　名	先生的禮物
作　者	徐揚生
出　版	香港中和出版有限公司 Hong Kong Open Page Publishing Co., Ltd. 香港北角英皇道499號北角工業大廈18樓 http://www.hkopenpage.com http://www.facebook.com/hkopenpage http://weibo.com/hkopenpage
香港發行	香港聯合書刊物流有限公司 香港新界大埔汀麗路36號3字樓
印　刷	中華商務彩色印刷有限公司 香港新界大埔汀麗路36號中華商務印刷大廈
版　次	2018年5月香港第一版第一次印刷
規　格	32開（136mm×191mm）304面
國際書號	ISBN 978-988-8466-76-4